这里或许是心的源头

打开，我们便有了缘分

陈 | 荣 | 军 | 诗 | 集 | 选

# 所 有

陈荣军 著

海峡出版发行集团 THE STRAITS PUBLISHING & DISTRIBUTING GROUP　海峡文艺出版社 Haixia Literature & Art Publishing House

## 图书在版编目(CIP)数据

所有/陈荣军著. —福州:海峡文艺出版社,2020.
12

ISBN 978-7-5550-2485-9

Ⅰ.①所… Ⅱ.①陈… Ⅲ.①诗集—中国—当代 Ⅳ.①I227

中国版本图书馆 CIP 数据核字(2020)第 211443 号

---

**所有**

陈荣军 著

| | | |
|---|---|---|
| 责任编辑 | 林 颖 | |
| 出版发行 | 海峡文艺出版社 | |
| 经 销 | 福建新华发行(集团)有限责任公司 | |
| 社 址 | 福州市东水路 76 号 14 层 | 邮编 350001 |
| 发 行 部 | 0591—87536797 | |
| 印 刷 | 成都兴怡包装装潢有限公司 | 邮编 610000 |
| 厂 址 | 成都市金牛区西华街道付家碾村 6 级 152 号 | |
| 开 本 | 880 毫米×1230 毫米 1/32 | |
| 字 数 | 376 千字 | |
| 印 张 | 14 | |
| 版 次 | 2021 年 1 月第 1 版 | |
| 印 次 | 2021 年 1 月第 1 次印刷 | |
| 书 号 | ISBN 978-7-5550-2485-9 | |
| 定 价 | 88.00 元 | |

如发现印装质量问题,请寄承印厂调换

# 自序

  生活有许多间隙，这些间隙刚好用来写些短诗，于是欣然为之。

  写短诗主要好处是借助灵感，一蹴而就，不费时间。很感谢手机的随意记录功能，否则写诗要正襟危坐，那么许多诗就不存在了，至少对我来说是这样。

  写诗使生活愉悦。生活并非总是痛快淋漓的，生活有重负，有责任，有情非得已，而诗有万向调节功能。

  诗要有美感，还要有点哲理。淡淡的美感与淡淡的哲理是我写诗的心灵指引，太浓了反而不妙，任何东西过犹不及。

  生活有无数个面，我刚好与诗巧遇，就像地球上七十多亿人，只与那么几个人相互欣赏一样。我觉得写诗挺好玩的，灵感一闪就将它引爆，文字的火花绚丽缤纷。

  人有时需要超脱现实，昂首天外，那么写诗是很好的梯。这可以说是浪漫。浪漫是心学之花，也是想象力和创造力之花，更是乐观自信之花。

  因为是短诗，我想有兴趣的读者，阅读的时候也不会累吧。

2020.08.01

# 目 录
CONTENTS

# 江南雨

历亿万年沧桑
依然嫩

风皱春水　洪决长堤
你　形姿不变

落地窗前　一杯清茶
看无数交织

梦醒寂听　滴嗒声声
远山　古寺　小桥　清流
江南如旧　你如前

**2008. 05. 11**

# 阳光下的等候

久雨之后
空气还是湿的
阳光出来了
心里穿梭两只蝴蝶

红鲤
在池边排成一列　悬停
很享受的样子　一动都不动
任阳光射透水面

追美的女人
靴子　短裙　风衣
一脸的灿烂
偶尔有点抖索

父母们　在等
周末最后一节课
下课铃声的　奏响
那时携活奔乱跳的孩子
与阳光一道
回家

2009. 03. 09

## 海阔天空

有鸟从心里飞过
便全是青山绿水
便全是海阔天空
梦想的天穹是那么地贴近
渺小阒无痕迹
心的宏阔是无际无涯
快乐的翅羽一无阻碍

2009.08.23

## 那么一丁点

那一树绿叶
那一缕微风
那一众天穹泊着的淡淡的云
阳光静洒下来
一颗透亮的心
快乐而轻松

2009.09.08

## 葡萄美酒

那时的追寻
这一刻的等待
都是生命历程必然的花开
日子一天天走远
情感蜿蜒而绵长
葡萄在阳光下成熟
很久很久以后
酿就红颜美色
一杯在握
心与心的阻碍
就此浸润穿透

2009. 12. 01

## 收　藏

我收藏
一片森林
鸟语啾啁　四季花香

我收藏
一条大江
江水平平　缓缓流淌

我收藏
一座城市
熙熙攘攘　夜色灯光

我收藏
整个陆地和大洋
广袤无涯　任心纵横

我的收藏
放在我的博物馆
我的博物馆
天地一色　日月并藏

只不过　我不愿
独享我的收藏
我甘愿　我的收藏
任人观摩　任人欣赏

2010. 10. 27

# 航 机

在云之上
心念动
瞬间越万千

心情茶与酒
静动
氛围里

俯瞰亦然白云渡
高度
决景色

心静云自动
自在
真自在

2012. 08. 22

# 前　行

在云雾之中

在沉沉暗夜

在梦幻里

那一丝光亮

始终没有失缺

即使云重

即使夜厚

即使梦如铁

我依然确信

信念的长剑

已锋利到能刺透

所有重围

因为

太阳是我的兄弟

因为

我的兄弟在我心里

2012. 08. 30

# 一齐向前

裸露自己吧

坦荡赤诚的胸

让责任深深烙在

心的

每一下强有力的博动里

那么阳光

那么刚劲

那么洒脱

行走路上

兴奋的繁花

沿途蓬勃怒放

快乐之星

漫天飞舞

来吧

我的朋友

一齐向前

2012. 09. 07

# 生　命

天地生万有
人在其中一
芽萌长花果
老衰一循环

2012. 10. 12

# 沉　重

心的沉重是
真的沉重

静下来默默地沉思
天地苍茫
什么都静寂了

追问生的意义
竟是那么虚无

总要找一个理由
说服自己
许多忧伤
是那么自然的事

父亲
我为您祈祷
愿您少些痛楚

您从不怕痛怕苦
永远是那么凛然坚强
儿子问您那里痛
您敷衍说
人老了就像车旧了一样
零件老化了

那种豁达
照亮了
苦难的人生

2012. 10. 29

## 心逸如云

让思绪无限穿越
碧海蓝天浑然一色
心　自在于
茫茫星系
现实的一切是那么渺小

一切都是
时光长河里的一瞬间
浩淼大海里的一滴水
空旷天宇里的一粒尘埃

只有心　可以拥抱
欢乐与忧愁
无论花开　无论叶落
无论日炙　无论冰封

让心如云　乘风飘逸
无始无终　无际无涯

2013. 08. 05

## 每天都是新的

今天的太阳已不是昨天的太阳
现时的河流也不是前一时的河流
奔驰的马路不是前一刻的马路
甚至开放的鲜花也不是前一秒的鲜花
细细想来
朋友也已不是往昔的朋友

只有心情
要是你愿意　就可保持
长久是快乐的心情
当然　此时的快乐　也不是
彼时的快乐

2013. 08. 16

## 茶

春天就在杯子里
看绿叶一瓣瓣舒展

清香溢出来
那种弥漫着大自然的气息
有了天人合一的意境
绿叶在玻璃杯中翻动
沉浮　悬定
再慢慢地下潜
整个春天就在心里荡漾开来
原来忘我是如此的简单
当人们四处追逐
轻松　快乐　幸福
就在小小杯子里
绽放出美好生活的
淡淡清香

2013. 08. 18


## 透　雨


久旱后的一场雨下了
酷热后的一阵凉风起了
山涧的水又开始潺潺成韵了
绿叶又鲜亮有精神了
青山和绿水看上去和谐了
缺水的村民不再担忧没水喝了

农田里的庄稼也苏醒过来了
马路上翻腾的尘埃给冲净了
城市混浊的空气得到过滤了
天空又一碧如洗了
人们沉闷的心通透了
这都是一场透雨带来的
一把钥匙把许多锁都打开了
有时许多困难堆成一堵墙了
或许拆去一块砖这墙便轰然坍塌了
呈现在眼前的是通达的大路了

2013. 08. 19

## 城市茶店

高楼如林
马路似流
嘈杂像空气一样满盈
茶店是闹市的高山禅宫
落地窗区隔出一片
深谷般的静
多少纷扰
在此滤成一泓明净
凝神杯中汤色气雾

窗外的一切已是
模糊虚空

2013.09.05

# 冰岛信息

冰岛
想象中的天边
千万年的白雪
厚厚覆盖原野
雪橇是舟车
行百丅里人踪难觅
偶遇
一缕炊烟二三行人
狂喜
长长昼夜
冰封寂寥
神秘极光
童话世界
曾游历丹麦、挪威、瑞典、芬兰
还是没有登上遥不可及的冰岛
前天陈楠微信说
下午在冰岛泡温泉

遥远的事物
一下就近在身边

2013. 12. 21


# 珍　惜


入夜
揪一把椅
独坐
在空阔的苍穹下
在高楼的露台上

仰望
星星如钻石般闪烁
寂静虚无
参不出些许意义

地球只是宇宙中
一粒尘埃
人类之渺小细细体味
珍惜吧
内心的感知

那怕只是
一丝丝欢欣

2014.08.30


# 放 下


长途久走
觉着累
从心底

放下
弘一兄
行书小品就两字
拍出
四百柒拾壹万伍
只字直超百万金

妙品难得
还是
人们真的太沉重

2014.12.05

# 负重若空

所有的分量
大山一样　压向
人生长途
跋涉的人们

生活的
点点滴滴　都奔
我们的肩背
看我们能不能承担

我们身处
复杂的洋流
冷暖缓急东西南北
无法逃避　只有坦然面对

让一切都来吧
将大山之分量当作蓝天之白云
勤尘俗事　养神仙心
负重若空

2015. 01. 10

# 中 央

在某处立定
这里便是宇宙的中央
向四面八方出发
都是等距离的没有边际

行走亿万千百年
茫茫空间
感知不到
有何变异

自我的心就是
宇宙的中央
有些时候需要的不是征服
而是修炼

2015. 02. 01

# 阳光是甜的

崇山峻岭之中
四明腹地
有一个村落
自信地就叫
中村

这就是陶渊明的
桃花源
阔大的溪流
两岸的巨树
古朴的民居
还有穿越到如今的
静美的石拱桥

水澈见底
游鱼可数
红衫绿袄的
村姑村妇
嘻嘻哈哈浣洗中

更激发了潺潺清流的
活力

在溪岸漫步
一丝爽爽的味道
从内心涌出来
使人觉得
冬天的阳光
是甜的

2015. 02. 10

## 小 草

连自己也不知道
怎么穿越冬季
就绿在那里了
有时候不需要意志
只因为基因

2015. 02. 13

# 悼母亲

白云渡尽
天宇霎时空了

捧一本大书
内容在哪里

船
失去了锚地
航向已无意义

遥远已是永远的事
儿时的牵手
无尽的呵护
今后只能在梦里

2015. 02. 15

## 自然的力度

那是何等严密的布阵
睡着的树枝都醒来萌长出新叶了
该绽放的花朵全都鲜亮了
大地一齐泛起青青的嫩绿了

没有遗漏
除非生命已经终止
令行禁止
比任何军令威猛

这就是自然的力量
这就是规律的意志
不容抗拒
且听春风春雨

2015. 04. 01

# 星

俏皮地闪烁
恒定在天穹
高悬多少岁月
还是那样青春

远离尘俗
笑看人间躁动
自心若空
永远焕发精神

无视人们小瞧
不屑浮云遮拦
精灵明亮
谁也无法撼动

你的静默
你的深邃
你的睿智
你的淡定

即使是那么遥远
总是引人
昂首仰望
默默沉思

2015. 05. 13

# 历　练

珠穆朗玛峰的一滴雪
穿越到
太平洋的寒暖流
沿途的
跋涉　奔腾　摔打
盘旋　合污　澄澈
早已风轻云淡

只期待
那一天
再次升华
重新降临
雪山之巅
晶莹
发亮

或许
人们未能发现
雪花
已不再是曾经的雪花
其实那些并不重要
重要的是雪花有了
新的思想

2015. 05. 18


# 台 风

天神不耐烦了
发出巨劲
咆哮着
翻腾着
自海洋到陆地
毫无选择地摧毁
不管不顾地横扫
飓风裹挟着暴雨
目空一切

渔船锚港
动车列站
飞机滞场

人匿屋中
鸟飞无踪
蝉鸣不闻

海上浪飞
陆上鱼游
大树倾翻

以天地之涵养
尚且有千里之暴怒
忍耐必竟是有限度的
世界美好
菩萨心肠还需雷霆霹雳
大自然呈现的是
气流洋流及各色暗能量激荡的飞扬
此刻
日月星光黯然失色

2015. 07. 11

# 在一起
## ——致毕业学生同学会


就像千万朵云彩飘过
要留也留不住
或许我们也没有真心留它
渴望成长的力量
冲淡了其他味道

今日回眸
才觉得曾经的一切是那么美好
那时在一起
虽然有酸涩
苦辣
烦恼甚至是
痛
但谁的心里没有一抹
青春的快乐印记

时光是单向的箭
我们再也回不到那个从前
幸好有同学会让我们

细细品味
二十三年前的点点滴滴
包括草绿包括花开
包括水流包括云飞
还有上课睡着了
还有谁跟谁要好
当然还有严肃的老师
终于知道表扬了

岁月是最好的滤网
二十三年过去
余下的只是温馨
地球之上数十亿人
绝大多数我们不会
碰一次面
说一句话
有一次联系
让我们珍惜
茫茫人海我们是同学
这是多么罕有的缘分啊
这个概率
比彩票中奖还难

2015.07.25

# 风　云

台风尚在千里之外
暑热便匆匆撤离

炎炎烈日隐藏云后了
窗外的树叶摇晃起来

总有一些力量
在推动着变化

我们看到的风起雨倾
是多少能量碰撞的呈现

2015.07.06

# 台风预报

说好的风雨呢
怎么如期不至

心里已经有了
那怕是狂暴些
也渴盼着去经历

抬头望望天空
似乎在酝酿着什么
但与那个描述
总觉着相去甚远

也不是一次了
总是说过了头

不用去问缘由
大家都原谅着吧
或许各有各的难

风雨踪影难觅
该浇水的还是浇水去
老天说我跟你们有何约定
一切都是你们猜的

2015. 08. 08

# 乡间夏日

微风　鸣蝉　无名花
乡村的午间
历经千年繁华后
沉寂了

小桥　苔藓　卵石滩
溪水也少了往昔喧闹
只寂寞地
幽幽流淌

闲云　飞鸟　牛羊犬
生活的元素似乎
很远古
轻逸闲适

应去　乡野　发发呆
大把大把的时空
任你挥霍
由你取用

2015. 08. 09

## 醉　雨

淅淅沥沥
雨点敲打树叶
单调匀称的声响
是人们开启书卷
最心动的前奏

尘世的躁动给镇住了
内心极其纯净
而后
整个身心都浸融在文字里
天地万物唯此悠悠

只在抬起头来的时候
淅淅沥沥的雨声又从页面浮起
自然演奏的美妙交响
穿越古今
沉醉我心

2015. 08. 10

# 那朵云

头顶上的那朵云
飘荡了亿万年
还是原来的形状

人能改变多少啊
上苍笑笑
只心大而已

看着蚂蚁的忙碌
为生计
倒是还有一些意义

人往往折腾得
过了头
不知在何处止步

最终只能望望星空问一声
我是谁
我从何处来要往哪里去

2015. 08. 14

# 白 云

白云悠悠
乘风随缘
无心无梦
何愁何忧

2015. 08. 22

## 信息时代

太多碎片
恍惚了我们思想之树

泡沫飞旋
淌不出一条完整的河流

缤纷的浮浅
拖住了纵深的脚步

黑格尔们真的死去
取代他们的是一碗碗鸡汤

世界变成了一滴滴水
见不到风起云涌的四大洋

理智就是控制
拒绝无聊应象拒绝飞来的箭

选择才是生活
无数的星星在天上亮着

2015. 10. 03


# 风


掠过大街
未曾停留
门店中的名包华服钻饰
巷弄里的鱼鲜肉香蟹味
还有那些迷一样的风姿及韵味
都省略了

就像从未出现
只余下几片翻滚后静躺的落叶
不经意间给出淡淡的印迹

这是固有的个性
绝不流连
执意前行

2015. 10. 25

## 蜂

为香停留
醉于美色
不图辽阔
只缘喜欢

2015. 10. 25

## 老宅茶屋

沉寂了几百年
悄然醒来
山泉与树叶深深缠绵

笑语细喧

茶香弥散开来
老宅因之而温润

闲适招摇奔波与忙碌
文化翻动着快乐
财富有了大雅的平台

窗外白云徐渡
千百里的嫩绿千百里的水
野趣在杯内舒展

老宅茶屋
有阳光与美人的味道
更有自然与岁月的味道

2015. 10. 28

# 任 意

清晨鸟鸣啁啾
是欣喜于露台的花开了
它不知道自己的欢声
惊扰了养花人的梦境

2015. 11. 13

## 满天星

桂花绽放天上了
苍穹缀满金色的星星
那细细的小花朵静静悬着
遥远的芬芳
其实源自我们内心

2015. 11. 28

## 游西湖

西湖景色道无穷
白堤苏堤卧波中
烟树红花云水碧
凡尘仙境处处同

2015. 11. 30

# 窗　外

风在抖动
窗外的花朵微微摇晃

目光一次次脱离页面
字句美好不及雨的线条

斗室里摊一本书
心却是流窜天宇的闪电

清净是喧闹的圣地
圣地里又忘不了缤纷繁茂

人是一条矛盾的虫
追寻的永远是另一个追寻

2015. 12. 08

# 远　望

没有一种风雨
能从此淹没太阳的光辉

2015. 11. 18

# 心　弦

雨滴砸落钢板上的铿锵
与敲打玻璃的脆响
是迥然不同的
就像雨滴亲近树叶的飒爽
与夯向泥土的沉闷
别之霄壤

上天随性洒出水珠
倾听万物接受的交响

我们无法操控
击打在身上的种种力度
只有校正内在心弦
或能在承压时
发出悦耳的单音
及圆润的和鸣

2015. 12. 23

# 跨　年

这一天没有什么不同
这一天终将逝去
在无穷的过往及无尽的将来
即将到来的也是极其普通的一天
但我们赋予它新的含义
新的一天开启新的一年
播种快乐收获幸福

2015. 12. 31

# 元　旦

我从新一年的时间里醒来
阳光透过薄薄的纱窗
朋友们的祝福在空中交织穿越
手机里翻腾起似乎是喜悦的浪花
时间是一条没有尽头的绵长的线
我们怕迷失自己
把它标点后
一段段来惊醒勉励
于是可以说这是全新的开始
别去管它亘古不变无尽的延展
别去想它其实已是天老地荒
迎接新一缕想象中浸透快乐的阳光
与亲人及朋友一起
好好品尝生活的滋味

2016. 01. 01

# 透　视

树叶掉落的水珠
不是树叶的
是上天降下雨点

海浪翻腾的力量
不是海水的
是烈风驾过海面了

山顶上的树
并非最高的
只不过它站在峰巅

我们追寻的喜悦
并非外界所有
只在内心深处

2015. 01. 04

# 越　季

在隆冬
在高山
在崖壁之上
一丛杜鹃花在暖暖的阳光下绽放

我们因惊讶而细察
红霞般的花丛
站立的
确是一天之中光芒彻照的地方

季节
不过就是温度
位置对了
春花可以在冬天里秀一把时尚

人的惰性总是认同常态
慢慢地慢慢地
忘记了
奇迹偶尔也会出现

2016. 01. 10

# 古　道

一条条古道
是以往山民的互联网
是我们翻阅历史的通道
博物馆及典籍在这里显得苍白

当时网速太慢
山民们行进一步
汗水就会溜下来
生活的重负令小腿颤抖

脚下石块踩磨得已然发亮
千百年来大山深处
山夫村姑来来往往
涧水也曾为他们的情爱歌唱

我们行走古道
踏进漫漫时空
感受生活的厚重
却因汗流浃背而格外轻松

2016. 01. 17

# 最大的风雪在自己心里

一场下了半个月的雪
使之前认为是暖冬的人们兴奋不已
人们早厌烦了冬天不像冬天
就像厌烦男人不像男人女人不像女人
都不想好好做自己渴望莫名其妙的改变

全城的人都热议这一场大雪
家里垫箱底的厚衣服一件件穿上了
商场里卖不动的御寒用品一扫而光
一户户人家连大米蔬菜甚至水都屯积起来
有关部门慌忙大喊别慌供应不成问题

大雪越来越厚
这是一场信息时代信息之雪
冽风裹挟暴雪从官方媒体至微信圈普天盖地
人们阔论三十年来最低温度将酝酿出怎样横空出世的
　大雪
就像初恋的情人第一次约会急切地等待另一半的出现

以往的大雪下了就下了
人们从梦中醒来推开窗户

屋顶树梢及路面是一色洁白纯净
童话世界带来的惊喜与干脆连在一起
现在许多事就像懦夫吵架吵了半天拳头还是不见

大雪不纷飞
该见的没见面
心里别不爽啊
信息时代就这脾气
最大风雪其实在自己心里

2016. 01. 23


## 随性而乐


欣赏东篱下的菊花
舍不得采下来
觉得这样长着非常美好

天气不错
还是去攀登看也看不厌的南山
挺舒筋活血畅快心情的

大江东去是挡不住的
想拦它
真的是自己跟自己过不去

浪花把千古英雄都抛洒了
一个也不留
夜晚的时候瞧瞧江中只有月亮还在

还是把钱拿来都买酒喝吧
据说钱这种东西花了还会回来的
当然是喝醉了的时候这种想法更强烈

酒一喝天王老子没自己大了
消消往日的愁偶尔醉一醉也好
但现在许多人还是爱好喝茶了

2016.01.26


## 雨夹雪


期待已久的雪
终究没下大
这事无可奈何
人的意志与努力
在此虚空

江南的浪漫
除却雨
还是雨

这里休说
花与美女

柔软的气象里待久了
也渴求暴雪漫舞
人心竟是九曲的
醉在和风里却梦想
冰天极地

2016.02.01

# 江　潮

江潮丰腴
来自薄薄的溪流
窄窄的涧水
若有若无飘忽的云彩

它的前程是大海
是汪洋
它的前队已经矗立在那里了
烟波浩淼

这实实在在的浩瀚
是虚无缥缈的云彩

另一端的模样

虚浮俊逸轻盈的
必得亲临大地历经砥砺
方始呈现博大厚重深邃

2016.02.04

## 改　变

前一时的心情这一刻已经不同
风从窗外直行而去
上午贴在桌上温煦的阳光
已经爬上另一面窗台

2016.02.05

# 醉

在书中深呼吸后
抬起头憧憬
春天里驾车
在鲜花盛开的崇山峻岭中
狂荡漫行八千里

情起时
一脚踏在山巅
一脚踩入大洋
伸展双臂在云端洗洗手
然后与好友一起大饮三百杯
不管是茶是酒
只在意气相投

2016.02.05

# 过年临近

像潮水一般退去
城市的道路空了
受巨力吸引
务工的人们奔向家的方向
那是一年的牵挂
洋洋洒洒释放

时节来临
路旁落叶后的大树
也显得空空荡荡
此情此景最适合
静静地捧一本书在手上
让我们流连于
另一番风光

2016. 02. 06

# 解放自己

放开手机
让信息远离
那么便拥有了许多时间
这样我们自己就成了自己

千头万绪是自乱心扉
阳光照耀
美景新奇
现实世界清晰的就在身边

需要的时候才将手机握起
别让它攥住了你的心
那不是你的整个世界
你的世界在于你掌控的时间空间心间

2016. 02. 07

# 除 夕

年的气氛逼过来
浓郁而醇厚

似乎这一天真的不同
当所有的人都这么认为
这一天便真的不一般了

虽然一天还是二十四小时
虽然太阳还是东升西落
但人们的节奏变了
内心的味道齐聚了各大菜系

星空更加璀璨
城市的彩灯更为繁华
人们在若有所思的热闹中
去迎接新的一年

2016. 02. 07

# 大年初一

新年的阳光
透着一股清新的香味
暖暖的照耀在我们身上
感觉到心有一丝丝甜

想随意聊聊天品品茶喝喝酒翻翻书
同时又萌长出登高一望会当凌绝顶的欲望

2016. 02. 08

# 登　山

一步一步向上
不仅仅是锻炼身体
渴望的是连绵不绝的新奇
还有美的发现

所以我们一次次总是寻找另一座山
经历新的路径

就像翻阅一本本新书
去打开一扇扇从未打开的窗户

流水从巨岩挂下来
飞鸟掠过密叶漏下的光线
时而攀登时而行进在落叶铺地的杂树林里
生活的美味呼吸之间已烙在心底

2016. 02. 09


# 风过树林


静寂了很久以后
密密的树林里响起了涛声
林海的意蕴得以充分诠释
这里不但有海的宏阔
还回荡着海的声音

所有的物体都能发声
看谁在抚弄弹奏
我们凭上天之手
悦享醉心的天籁

2016. 02. 10

# 情人节

真的情人是没有节日的
大火的燃烧不会有开关
一旦点燃
烈焰遍及整个森林还有未知的遥远
那是三百六十五天二十四小时的概念

需要节日加温的情感是贫乏的
要么情已老去，要么是奔了另一个岔路
用技巧去包装
像商人投资一样对待情感
这是现代人的悲哀

情人节是商家的智慧
玫瑰花撑爆了老板们的钱袋
有点浮浅，有点世俗，有点热闹
真的情感甜蜜而悄悄
只在心里恒久地熊熊燃烧

2016. 02. 14

## 自在乐意

阳光雨露
路径在哪里
坦然播洒人间

爱与喜欢
不要问缘由
它就发生在心底

想怎么就怎么吧
自在乐意
就是生活的真谛

2016. 02. 20

## 时　节

风悬在空中
人们的汗毛竖起
冬天里

根休眠了
树叶回娘家
路径早已设计

候鸟一队队飞
有时没看见
已完成迁徙

不用催芽萌花醒
时节来临
自还你满目欣喜

2016. 02. 20

## 瀑　布

奔流了很久
路径突然消失
水们依然无畏向前
瞬间绽放精彩美丽

2016. 02. 21

## 心　弦

时雨敲击车窗的声音
快慢高低疏密不差毫厘
自然用奇妙的布局
完成了错杂而和谐的乐章

心情是绝妙的弦
快乐的时候
任意敲击
发出的均是悦耳醉心的音符

2016. 02. 22

## 路

世上有太多的路
人们在路口踌躇着迈不开脚步

一芥草民还是千古英雄
同一时刻只能在一条道上出现

一马平川抑或山高水险
万千征程均发自心底

无路的时代早已过去
选择是一门永远的课题

2016. 02. 28

## 因为有你

你要明媚
我将云拨开了
你要艳花
我将春搬来了
你要清流潺潺
我变作云天降下充满激情的喜雨
你说你还要什么吧
没关系
我全都可以给你
我是富有的
因为有你

2016. 02. 29

# 春 风

春风摇动的不仅仅是树枝
心的马达点燃轰鸣了
那种形于外而发乎内的力量
是最优质的神秘能源

你的目光在那里
那里就将霍霍闪亮
时节到了
四处都在长叶开花

内心的种子
在天道的大海里激荡澎湃
春风拂过
想不起还有什么如此强大

2016. 03. 03

# 云 层

云天里有什么
隐匿的往往使我们忽略
包括安睡的雷电及未触发的雨雪
感受的只是太阳无限的热力

目力是薄弱的
厚厚云层的秘密
包括电磁场包括引力波
只有闭上眼睛用心去辨识

纷繁的乱象在生活中堆叠
一半是焦虑一半是怀疑
水流穿过沙石滩越发澄澈
浩瀚大洋天蓝水碧

2016. 03. 12

# 大富豪

我是最大的富豪
我拥有太阳
它高悬云天之上
你们都看得到
比尔·盖茨差得远了
不是一个量级的
他所有的财富
还不够太阳一天的发光供热

我做最大的慈善
我没把太阳藏在自家的后院
也不说什么裸捐不裸捐的
不费口舌直接行动
把它呈献给全天下
不但人类共有
连动物、植物都有
囊括万物所有
谁有需要
都可以任意分享

我推行绝对公平

每一个人

不管富有贫困地位高低

无论男女老幼肤色黑白黄杂

均享受同等照耀

所及范围广大

难以顾及各人感受

亲近疏离你们自我把握吧


你若很想成为我这样的人

渴望拥有太阳

我也十分理解

我就将太阳送你

你若不好意思接受

那只要记住

愿意把自己的东西拿出来分享

我们大家也就差不多一样了

2016. 03. 13


# 行　动


一天一天

太阳从不厌倦疑虑

云遮雾罩是它们的事

人的心绪
为何那么多起伏呢
定力应是日月经天江河行地

行动的轨迹成就人生的品牌
想象叠着想象
就如云雾飘荡在云雾

要像工匠一样舞动刀锯斧凿
对事业来说
太多的思考是太多的奢侈

2016. 03. 17

# 春风杨柳

爆满新绿的柳条在春风里漾着
我想到了仙女齐腰的长发
那恰到好处的含蓄娇羞
及掩饰不住的兴奋勃发
使人的心萌动一丝丝酥痒

纯唯心也做不到

外在的影响还是巨大
凡人的喜悦烦恼
凡人逃避不了
我们能做的就是
多看看春风荡漾柳条

2016. 03. 19

## 江边散步

江边的钓客是否很无聊
半天没见一尾鱼

更无聊的应该是看客
不声不响地围着

或许真正无聊的人是
想不明白却还在不停地想：
这么无聊的事
怎么有这么多人不觉得

2016. 03. 24

## 我心温润

沿着太阳的光线
我飞翔不到那里
我一抬眼就见着它了

辉煌的宫殿
我未曾拥有
辽阔的原野神一样辽阔在心间

我吹着口哨
从街巷走过
心情明亮无论是晴是雨

我渐晓生活的音符
我倾听
并尝试弹奏琴弦

我的心是温润的
犹如一枚和田籽玉
千锤百炼后糠杂尽去只余美好

2016.03.30

# 桥上行走

漫步波涛之上
日复一日
也就惯了

从前的对岸很遥远
一侧称江北一侧是江南
长途跋涉止于汹涌

渡是不易之事
人们往往望水兴叹
唐僧西游沱沱河也是大难

船的载量总是有限
若要普渡
或许桥才能承担

桥上行走
久了之后
已不觉此岸彼岸

2016. 04. 01

## 云水一色

我们轻松的呼吸
是蓝天悠然的白云
我们沉重的叹息
是大地一丛丛荆棘

谁在胡乱翻阅
我们已打开的书籍
粗砺而缺失耐心的一族
只想狼吞虎咽结局

所有的人都疯了的时刻
我们不必清醒地沉重
雨过天青之前
总有颠狂呈现

生活的滚滚激流
来自欲望的密集雨点
跌宕起伏过后
云水浑然一色

2016.04.09

# 累

走过许多路
经历许多人之后
有时候只想
泡一壶茶
翻开心中存了很久
还未来得及品读的书
一字一句慢慢地嚼

在此时刻
书之外
所有纷繁的信息皆属多余
内心深处只接受
柔软的光线
若有还无的微风
及雨的声音

2016. 04. 12

# 等 人

阳光
有点烈
车
泊向树荫

欣赏几秒窗外景色
想起
信息在手机疯长
低首翻阅
乱七八糟
打败
有序寂寞

无觉时流
碎片充斥
我们已不会思想

2016. 04. 14

# 写　诗

风尝试在天幕写一行诗
树们心潮澎湃
率先摇头晃脑手舞足蹈
激情的触发
使久久静默的淑女变得疯狂

粉丝的追捧
风的灵感在陶醉中混沌
胡涂乱抹
落叶纷飞
天地一团缠麻

云在翻滚
诗句或已沸腾

2016. 04. 27

## 山顶树

山顶一棵树
一站站了数百年
我就没有这样的耐心
成不了汗流浃背人的风景

2016. 04. 30

## 傍晚走过

其实那是很热闹的世界
十三香龙虾的气味满街飘荡
人行道上敞开一张张餐桌
一瓶瓶啤酒将胸膛都袒露了
男男女女悉数豪放
傍晚行走的我们
不知是寂寞还是丰盈
连风也不屑与我们为伍
江南的街巷居然也肆虐着辣辣的气息

是否在办公室及文字里待得太久了
我们正在失却生活的另一个方面

2016. 05. 01


# 鱼


公元 2016 年 5 月 6 日去江畔晨练
8 点 26 分走过水池边
连续的暴雨使池水满溢
突然发现一条小小的鱼
在溢出的纸一般薄的水里
奄奄一息

我急切地蹲下来
用一片树叶轻轻地将它铲起
它在我的手里颤抖
我迅即将它放到池子里
鱼自如游动
先在池边探探头
再缓缓离开

帮助到一条鱼
我真的好开心
仿佛有一股暖流慢慢地流过心间

晨练结束我抛开了往日的行走路线
原路返回只是想看看
还有没有其他的鱼需要帮助

2016. 05. 06


# 洪　流


煤油灯的时代过去了
我们彻夜不眠
疲累了也不知道休息
认为有照亮就有热闹和丰盈
我们失去了制动阀难以停顿
欲望的洪流无休无止
炽烈且绵长
我佛当头棒喝：
五蕴皆空
在执迷不悟的众生里
还是形不成回响

2016. 05. 09

# 春　行

阳光　油叶　繁花　微风
那是各种原素调和得最舒适的季节
在道上行走就是一脸幸福的模样
过不了多久
平衡将彻底打破
强烈的光照酿造出烦燥与不适
想想此前也穿越霜雪
季节不会永恒

2016. 05. 16

# 不足为奇

莫非狂风已死
阔大的水面怎么不见了波澜
树木杂乱的摇晃
只迎合了魔鬼的鼓点
春天里的寒潮

不足为奇
只有许许多多暴雨
显示搏击还在继续
人们都无语了
翻翻书籍寻找另一片灿烂
逃避总是有理由的
也可以说是淡泊豁达豪放
修炼着吧
安慰人心的流派多着呢

2016.05.17


# 放　下


我就是那个背美女过河的老僧
我也曾是放不下许多事物的小沙弥
万水千山千折百回之后
背起与放下已没了什么区分

2016.05.18

# 入　夜

细雨浓雾
天地一醉尽朦胧

谁在挑灯夜战
善本佳茗独自品

悠悠时空唯心
此境几人能入情

清梦最香
莫如奇文共茶嚼

2016.05.26

# 随意停留

翻越了高山渡过了大海
呈现的还是大海高山
抬起头来到处是天空

坐下来喝一杯好茶
细细品味
狮峰武夷还是太姥景迈

生活的内涵
或许就在小小的茶盏里
释放得更为舒展丰盈
就看我们的心
是否强大到已可随意停留

2016.05.29


## 感受欢喜

雾将江上的船隐没
岸上的大楼也缥缈了

现实太坚硬
虚无的仙境越发成为向往

寻一座大山直往深处
或一处海岛梵宫花树
几位好友同游
感受内心的欢喜

2016.06.03

# 日　常

雨欲下不下的样子
犹豫要不要带伞

落地窗前的景色颇为撩人
还是抑制不住远方的思念

翻阅一本书
惦记许多想看的书还没看

思绪在纷飞中静不下来
似乎有很多要做的事在等待

2016. 06. 08

# 神仙的日子

初夏的风掠过水面穿越树林拂到脸颊是凉爽的
水塘边山脚下朋友自创的野墅里喝茶喧闹欢笑将鸟雀
　都惊散了

杨梅还未成熟时产地的街头上马路边摆满了外来的
　　杨梅
游客将半敞的野墅当作景点笑问能否进来看看
我们热情相邀说进来进来喝杯茶今天门票就免了
她们进来溜了一圈不好意思坐下来喝茶说这里过的是
　　神仙的日子

2016. 06. 09

## 蚂蚁与人

蚂蚁扛着昆虫的翅膀或面包屑生活的方式亘古不变
人类不知是聪明还是缺乏大智总是不喜欢自己的当前
勾心斗角谁也不信任谁谁也瞧不起谁没什么本事折腾
　　得总是那么累
缺少宏大的宇宙观把自己放大了看常常展示可笑可怜
　　的傻态
与时俱进跟上时代不断求变不知道为什么要这样做还
　　是不甘落后
浮躁着焦虑着痛苦着怀念起从前的生活却不知怎样放
　　下现在
无可奈何只随着大流走想打开欢喜生活的门却发觉力
　　气还不够

等等吧等等吧有的人不知不觉已走到尽头有的人不等
　了快刀乱麻找着了自我的状态

2016. 06. 14

# 星　星

星星望着我
几十年前就这样

我其实与它说了许多话
它总是那么冷静

有时候它不知去了哪里
我知道它还会出现

它是神秘的遥远
却又如此亲近值得信任

对它讲心里的话
一点也不用有什么担心

它默默地护佑着
永不离弃也不靠近

我们只有静下心来
才能细味它强大的内在

2016. 06. 27

## 盛　夏

即使是多云
依然酷热难耐
大势无法抵御

与空调为伍
那是自己的事
局部改善还是容易

涉目远方甚或宇空
那个人不在宏大的局部中

2016. 07. 02

# 打造自己的翅膀

风将每一片树叶都抚摸了
树叶都欣喜地微笑
人不可能如此周到
遗漏终究难免

不要将全部的希望
寄托在风的身上
我们毕竟不是树叶
该打造自己生风的翅膀

鲲鹏万里
等待是最应省略的
有力的翅羽需博击锤炼
让风云随我们的起飞而激荡

2016.07.06

## 热带风暴

你将来未来的时候
一半是担忧一半是欣喜
高温确实使人厌了
渴望凉爽那怕带一点点风险

云的翻腾浓重有力
烈烈的太阳下野去了幕后
飓风撕扯着暴雨是铁定的场景
人们在防备中等待它的登临

2016.07.07

## 台风边

云穿插进云里
追逐翻滚
雨偶尔倾洒
紧一阵缓一阵
酷热消去几许

核心是另一番景象
风如狂犬
洪流荡路成河
生活的场景碎裂
电视画面惊悚

2016. 07. 09

## 深　邃

有时候天空是深邃的
青灰色一体的玄远
没有一羽飞鸟
连一丝淡云都不点缀

思绪贴壁飞行很久以后
渴望漫无际涯的穿透
无限的高度究竟有多高
空旷之上依然空旷

2016. 07. 13

# 乡村盛夏

正午
鸣蝉
在屋后的树丛狂噪

田角
疯长的南瓜藤
绽开巨型的黄色花朵

卵石路
滚烫
汗水滴下吱溜一下没影了

躺椅
蒲扇
茶缸里的凉开水

白糖棒冰
吆喝声惊醒
漂浮在大水缸里的脆瓜

溪流水库
难拒的诱惑
三五男童为野泳结队

田埂路
两旁青草蓬勃
散发浓郁的草腥味道

童年
情趣
在记忆深处定格

2016. 07. 23

# 雷　雨

因沉闷而愤怒
巨大的能量在空中炸裂
隆隆的轰鸣
清理干净忍的毒素

尘沙奔流
叶飞枝舞
天色因云聚骤暗
雨滴似八百里急行军马蹄踏来

饱和攻击
浊气四散
上天总有办法
再让清风徐徐吹拂

2016. 07. 27

## 悉尼歌剧院

那是全世界最嘹亮的地方
醉于旋律的白云凝在湛蓝的天幕上
海水澄澈细浪和唱

阳光海岸的咖啡座一无虚席
各种肤色人群慵懒地晒着太阳
或与海鸟一样随意来来往往

壮观与华美只矗立在远方的瞭望
若是相拥只感受贴心的亲切汩汩流淌
镜头与角度变幻出美的缤纷层次

黑夜降临
游船与灯光热烈摇晃情人港

歌剧院上空激越飞扬的不仅仅是歌声

2016. 08. 08

## 蓝　山

远望
山峦如大海波涛
近观
山体壁立千仞
蓝色的薄雾轻轻笼罩
三姐妹峰并肩妖娆
多少岁月无声驾过
酿就观景台上的朗朗喧笑

2016. 08. 09

## 登顶悉尼塔

有了高度
就有了辽阔
能望得很远
却模糊了细节

凌驾于全城之上

于是成为焦点

即使什么也没有

高度就在那里

何况还有玫瑰色的夕阳

抹在遥遥的天际


人们匆匆登临

又如潮水般退去

已有一丝印痕

留为回望的触点

2016.08.09


# 悉尼海港大桥


七夕之夜

银河波平

喜鹊相助

牛郎织女鹊桥相拥

我俩

在悉尼情人港之上

在海港大桥

漫步

2016. 08. 09

## 大洋路

南太平洋岸边修了一条路

人们称之为大洋路

于是她的浩瀚美艳

在世人眼前裸露

海天一色

云水相吻

阳光细雨

彩虹拱波

巨树绿草牛羊追随漫漫长途

2016. 08. 10

# 十二门徒

因信仰在海中站立成石柱
狂风劲吹
雪浪排涌
数千年匆匆远去
十二门徒只余八尊
名称依旧
初观只是景色
细味洞见信念

2016. 08. 11

# 库克船长的小屋

大英帝国的霸气
显示在
直接以囚犯开拓殖民地
英伦三岛
再也不能让那些个刺头儿混了
让那些乌烟瘴气

去另一块陆地
碰碰运气


库克船长奉命出航
目标直指万里之遥的大洋洲
茫茫波浪晨昏斩劈
异想天开带来的是神奇
向死而生
一石二鸟的试验
真切书写出生命的坚韧
及能量负正的嬗变
矗立在墨尔本公园里库克船长小屋
昭示着生命的逻辑

2016. 08. 13


# 新西兰


只留下蓝天白云牛羊的记忆
还有绿色的草地遥向天际

无垠的大海
巨树参天的森林

白雾缭绕的地热温泉
偶尔也会想起

其他还有什么
蓝天白云牛羊草地

2016. 08. 15


# 伊甸山


新西兰最大的城市是奥克兰
奥克兰最高的山是伊甸山
山顶巨大的火山口已爬满青青的草
二万多年前震颤的喷涌
如今呈现的是和蔼的景点
站在海拔一百九十六米的山顶
沿火山口走一周
新西兰三分之一人口聚居的港城
步移景换一览无余

2016. 08. 15

# 黄金海岸

登上三百多米的高楼
坐在落地窗前
喝一杯咖啡

俯瞰
南太平洋岸边
七十余公里长的金色沙滩
新月状铺展

远眺
烟波浩淼
浩瀚尽处呈圆弧的天际线
空阔心宇

观景的直升机在窗台下游弋
冲浪的人们星星点点
不同语言的人群迷醉相同的闲适

2016. 08. 16

# 远游归来

家乡的天地
似乎有很老的况味
那些气息
已与生命融为一体·
街巷
　　江岸
　　　　茶店
老树
　　纤草
　　　　鱼鸟
即使是空气
也令人心里萌生十足的惬意
更不必说
中文的书籍
熟悉的乡音笑脸
还有心里生了根的美味

2016. 08. 25

# 顿 悟

小艇从沉睡的江面犁过
醒来的还有江岸默默散步的人群
看雪白的浪线哗啦啦一波波涌向江堤
顿悟
心如止水只不过石子·没有投入到里面
其实人生也无需强扭
是平静就平静
该沸腾就沸腾
丰富就是杂树生花
白云一朵也单调得乏味

2016. 09. 05

# 中秋思月

小时候觉得很奇怪
月亮总是跟着我走
我走到哪里它跟到哪里

走得再远也不分离
其实也只是从村庄这一头走到那一头

长大以后
月亮还是悬在高空
不少人长时间忘了抬头
童真依然的人偶尔凝视明月
还能领略皎洁浪漫可爱

如今
月亮成了宇宙的二维码
扫一扫连接无量信息
朋友说刚拿起手机试了一下
玉兔嫦娥来到了身边

2016. 09. 15

# 中　秋

在天老地荒过程的一个瞬间
我们矗立在山野或城市的街巷
这是偶然的奇迹
就像相隔万里两枚针尖对撞

琐事纷乱如流水连绵
唯愿今夜放空所有
让我们慢慢昂起首
凝望天空永恒关注的笑容

休说台风来临飘雨重云
月亮确实夜夜高悬
只是我们低头太久
一点风雨就失却了穿透的力量

层层阻隔愈发催肥思念
月亮如新娘在天空含蓄
青梅竹马的品牌形象
时刻在心中美好圆亮

2016. 09. 15

## 凝　望

夜空很空
了无星月

往事堆积
亦无明显踪迹

色空心空
轻轻松松

芸芸众生
谁能抵达

时梦时醒
只在路途之中

2016.09.20

# 世　界

你蹲下
看一朵花
花便是你整个世界

你坐着
与人倾谈
内容就是你整个世界

你抬头
仰望天空
空阔便是你整个世界

你没了目标
就失却了你的世界
你静一静
世界就在心里明亮了

2016. 09. 26


# 浓雾莫干山


心念很久以后
启程前往

莫干山
是怎么清奇的模样
终将一窥究竟

台风越界
外围影响风雨倾洒
一路树摇竹舞
中途弥山皆雾

浓雾将胜景涂抹成仙境
别墅影影绰绰
莫干山娇羞如新嫁娘

不肯掀起点燃欲望的盖头
情深是相互的
如此独特邀约我下一次再来

2016. 09. 28


## 风雨剑池


瀑声如雷
水花飞溅
干将莫邪的工场
两千年前铸就屠龙雌雄双剑
古技神兮
早成绝响
今人望尘难及
只因不能忍受深山的冷寂

2016. 09. 29

# 太 湖

站立岸边
浩瀚是不用思维的
渔船漾出灵动
想象晃一圈需要多长时间
湖畔的村镇似乎新丽
实则蕴藏多少动人旧事
繁华美味均在
神仙一样的境地

2016. 10. 01

# 静 思

高山之上巨树之下
我沉思
就像大海岸边礁石之静默

秋日落叶舞蹈
常青树泰然从容
不同的基因不同的呈现

伞撑起来
有时遮挡阳光有时躲避暴雨
但是伞撑起来了

想象是无穷的
不同的个体敞亮不同的窗口
思绪宛如春天的彩蝶各有舞姿

2016. 10. 06


# 诗　意


诗是从天空掉下来的
就像雨

额发渐稀
心在二十岁逗留

在天地亿万年岁月里
每个人都乳臭未干

山川湖泊花草
心因美好而颤动

2016. 10. 10


## 假日小憩


从茶启始
温润情怀

煮一壶老白
与天时相应

期间充盈些许文字
如淙淙清流散漫心间

推开通向露台的透亮落地门
桂香弥漫远胜沉檀龙麝

糊涂常在途径无数
今日休提情醉何处

2016. 10. 16

# 徘　徊

白云徘徊
白云徘徊
白云徘徊在天空的摇篮里

当我静下来的时候
心沉下去沉下去
宇宙寂然无声

内心的欢喜亮了
一条弯曲的长路繁花乱开
前面一座座高山
我渴望在山石涧溪巨树中行进

2016. 10. 21

# 内　心

前路漫漫
为什么逗留
为内心的欢喜

前路漫漫
为什么而前行
为内心的渴望

内心是什么
是与生俱来仍存的欲望
是灵魂的呼唤

2016. 10. 26

# 茶

你是天地的奇迹
汤色映润七彩宝光

照亮了所有人生
无分高低贵贱

没有一种植物
与人类如此紧密
不管他挥汗如雨
还是羽扇纶巾
你的因子全浸融到血脉里了

你是生命的河流
日夜流淌
盘旋曲折跌宕起伏
又蕴纳沿途旖旎风光
人生滋味苦涩甘甜层层呈现

你是忙碌生活的岸边
所有的劳累
在与你拥抱亲吻中稀释
汤色中万千气象
给人以无限遐想与自在启迪

2016. 10. 27

# 水 （组诗）

### 云

有公的
有母的
看能否孕育出雨来

### 雨

没有年度计划
有了感触
说下就下了

### 飞瀑

并不是为了壮观
是水流前进的执念不因无路而改变

## 溪流

因浅薄而透明
因欢快而潺潺有声

## 江河

奔腾向前
永不回头
除非升华成另一种形态
从天而降

## 湖

水融天蓝
云沉碧底
杂树花草环抱
鱼鸟蜂蝶也是仙

## 海

你们都来了
我就宏大了
我始终处于低位欢迎你们

## 洋

看似水天一色无际无涯
平静的水面下
汹涌错杂的洋流一刻未曾停息

## 冰

懒得理睬
睡觉
也是一种态度

2016. 10. 27

## 深　秋

天升高了许多
阳光散发出温醇的香味
登山的欲望刹那充盈心空
抑或在高楼的落地窗前
淋着阳光喝一杯茶
翻几页闲书
同时写下几行文字

2016. 11. 03

# 秋　月

秋夜的新月
贴在湛蓝的天幕上
冷冷的
很理性的样子
大美
只宜远观
难以亲近
高雅
似乎内里藏了
很多的诗

2016. 11. 03

# 画

天是巨大的画布
云是颜料
一刻不停在滚动涂抹

具象的、抽象的不断变幻

连底色也时时刷新

湛蓝的、淡灰的、深青的、纯白的

以至无穷

有时候阳光也来罩几下

有时候月光朦胧一番

为营造意境

再点缀几颗星星

似乎总想给人惊喜

昼夜不息的在创意新的作品

2016. 11. 04

## 秋山美叶

天高山瘦

若双腿未在山道自在

心也在林间踩踏无数了

有一种向往

萌生于换季的引力

银杏叶黄透

那纯亮而直达心间的静美

足以使众生驻足

枫叶的艳赤

再将热血点燃
人总在沉思与兴奋中谱就命运的轨迹
杂树野花
似在无觉间已达成孕育与绽放
我们凝望大自然一次次循环
并尝试发现崭新的意义

2016. 11. 07

## 降 温

下班时候
路灯已亮
冷空气以风的形式
开始散布

人们走在路上
缩了一下脖子
然后摆出抖擞的样子
落叶滚动
但天还不是很冷

家的方向总是温暖的
在此时分

所有的香都香不过饭菜

锅里升腾的雾气

让人觉得仙境就是这般模样

2016. 11. 08

# 上　午

阳光跳进窗户

洒落在大红酸枝书桌上

一杯琥珀色液体通体透亮

茶也需要有匹配的营地

何况其上还映照着金黄的天光

内心的欢快从冲泡的旋涡里泛起

书籍里文字也温馨了许多

最沉醉的还是

初冬的寒风满街飞过

三五好友隔着落地玻璃

沉浸于室内的日光里

放肆地谈天说地

2016. 11. 10

# 清　晨

大潮
轮船泊于水面微晃

江边行走
感受阳光的倾洒
宛若冬夜一盆旺燃的碳火
散发出具有幸福感的温暖

草树们静默
身披金光
潜伏着坚韧的生长力量

2016. 11. 11

# 大　潮

昨夜月圆高空
地球人皆是粉丝

今午潮盈大江
发力在千万里之外

岸上有人扎鱼
似乎一无所获

不少人在感慨
江边行走罕见如此大潮

2016. 11. 15

# 日 子

日子如飞鸟掠过
似乎从天空翱翔天空
只有经停的山岩与巨树
留下记忆的痕迹

曾经的艰难险阻
像沙滩的城堡堆积
昼夜不息的浪花
已自然地抹去一切

命运潜伏在无数条道路
抉择是顺畅或曲折的起点
承担与放下相互敬佩
其中蕴含着智慧勇气和胸怀

2016. 11. 17

## 深秋假日

一丝丝空气
都显清瘦

飞鸟的欢声
唤醒昨夜的沉醉

山间彩叶缤纷
时光不知不觉溜走

凝视一片片落叶
似乎都烙上了淡淡的静美

书房里应焚一支沉香
任茶叶沉浮而将文字嚼碎

2016. 11. 19

# 冷空气南下

一股强大的寒流
让箱底的冬衣迅即上位

风从所有的空旷处涌来
草木颤栗，江河起皱

季节跳跃如书翻页
江南四季分明已成传说

幸好有阳光从冷风的阵列里泼下来
心窝里一股温暖开始升腾弥漫

2016. 11. 24

# 融

阳光同寒风炖在一起
冬日里添了些温暖的滋味

纯净的美好不排斥融和的图景
落叶的丛林里看猩红绽放

江海交汇处一派混黄
渔者兴奋地浑水里撒网

所有的呈现总有内在的理由
人们在情景里沉醉或顿悟

2016. 11. 28

# 夜

黑夜里飞越的不仅仅是黑暗
还有灯光与星月
还有不息的梦想与渴望征服的心

大地沉睡
河流依然激情奔腾
曾经的远方一掠而过
成为生命珍珠链晶亮的一粒

前路时折时顺
天神在虚空处俯察

谁心一如既往
珍珠将为之连成璀璨一环

2016. 12. 08


# 山　步


水库之上
群峰之下
树林之中
一条小路蜿蜒延伸

初冬清瘦时节
心情简约如繁华落尽的裸枝
散漫的行走
卸去了所有披挂

一泓清水浮几片红叶
二三小花超然尘俗热烈
我心静净
入天地法门

2016. 12. 10

# 暖 冬

密雨打在樟树墨绿色的叶子上
声响清脆而欢快
这个音色不像是冬日的符号
似是春雨催生万物的曲调
隔一层玻璃
窗内正冲泡一壶武夷大红袍
一股醇醇的岩韵
洋溢着春天封藏给冬日的温馨

2016. 12. 13

# 玩 石

几块色彩各异的玩石
伏在案头沉默
比任何宠物更忠诚
写作或阅读时刻
它们也寂静如大哲

当我抬起头来凝视
深及肌理微微透明的颜色
映照出心情的愉悦
把玩中感触大自然曾经的脉动
沉稳有力亲切

2016. 12. 16


## 阅心经


青天之上是青天
从前之前是从前
未来之后是永远的未来
人心如春天的繁花各自盛开
无际无涯的空间是为宇
无始无终的时间称为宙
人们遨游时空中
在宇宙里是一个永远的存在

2016. 12. 18

# 书　店

在喧嚣里穿梭后
踏入清静
不少人席地而坐
这个世界
只有纸面翻页的声音
灯光像太阳一样照耀
文字鲜活
与心灵契合
如此境地
已分不清冬日与春天

2016. 12. 23


# 走过 2016

日子凝聚
一年就要翻过
不管生活的河流如何湍急

这样的时刻

容我在露台之上

冬日的暖阳下打个盹

不反省不展望

无我地放空

或做一个美梦

隐约中我听到花朵在开放

2016. 12. 31

## 走进 2017

我在倾听

远方的声音

那些名山大川

迷人的风景

谁予结伴同行

让我们一起

在欢笑中出发

在行进中欣赏

在经历中丰富

在俯仰中开悟

2017. 01. 01

## 态 度

让所有的日子排好队
慢慢地走来
我一点一滴地去品味
明知百味丛生
我总是要在每一天品出它的甜来

2017. 01. 07

## 冬 钓

河岸新砌
茅草蓬乱枯黄
有些风
偶尔有阳光
持竿的人都静
路过秒观
满眼寂寞

没见一尾鱼
钓的或是光阴

2017. 01. 08


# 雨　雾


隆冬
很细的雨
雾朦胧了一切
包括阳光

花朵照样绽放
不只是梅花
桂花、茶梅、海棠
都开
还有室内的兰花水仙
跃跃欲试

气温忽高忽低
有人说什么都乱了
或许乱的只是
摇摆的心

2017. 01. 19

# 浓　雾

已不见天

从城市中心的三十九楼俯瞰
大江踪影难觅
马路无路
车流尾灯时隐时现

这是一个怎样的世界
一切都在各自的心里

2017. 01. 19

# 冬日的太阳

那是众生的仰望

是冬天成就了太阳
还是太阳温暖了寒冷

即使气温再低
有阳光的日子总是满心欢喜
连空气也散发出干爽的香味

对于夏天人们的嫌弃
太阳微笑不语

我行我素
不同滋味各自默默去体味

2017. 01. 24

# 除 夕

阳光灿烂
笑容恬淡
我沉醉在岁月的酒缸里
浑身都洋溢着欢欣

生活是丰盛的
花朵在山坡原野怒放
一直绵延至家的露台上
城市的街景又新
与内在的星空相互辉映

年的气氛逼过来
浓郁而淳厚
潮涌般的祝福
在手机屏上翻腾
在此时刻
我诚心为所有的人们祈福
过年快乐
新年吉祥
四季安康

2017.01.27


## 农历新年


初一初二畅亮以后
连续几天阴冷

没有雨
也缺少阳光

仿佛整个世界
要靠内心的蓄能
去温暖

特朗普上台
搅起一个个旋涡
不知深浅

风云无向

书房里
浮来阵阵水仙花香

2017. 02. 02

# 立　春

晨起
满窗阳光
映射桌台及墙上
灿烂击溃连日阴冷

新年上班
时令适逢立春

站立节气的起点
内心萌动
愿望的芽头终要长成大树

就像万物生长
蓄势已成
任何力量无可阻滞

2017. 02. 03

# 烟雨江南

云想浏览
就悠然地飘
雨想瞧瞧
就浑身扑上去了
我想看看
却迷离不清
似乎感觉有点醉了

2017. 02. 04

# 野

阔溪
卵石成屿

茅蒿丛丛

水澈

游鱼可数

两岸老树嫩竹

四围群峰连绵

想像桃花源

似画

似远古

2017. 02. 06

# 焦　点

天下很大

焦点很小

对于一个人的心情

有时候一根火柴的温度

或许比太阳还高

2017. 02. 16

# 春天的风

风呼呼的
似突袭

已非冬天
使最大的劲
也搅不冷空气

我在暖室里
隔窗听风努力的声音

想
不同的时节
终将绽放不一样的花朵

2017. 02. 20

# 江岸小走

走了很久的江岸
已很久不走
今天又与春风一起到来
亲切感
从草的乳叶里
在树枝的泛青处
自狗的欢跑和鸟的箭跃中
冒出来
季节的每一次循环
总是搅动人们追寻的心
即使缓缓流淌的江水
暖暖轻拂的气流
也能像醇酒一样使人沉醉

2017. 02. 27

# 春风素

必定有一种物质叫春风素
否则春风吹在身上为什么满心欢喜呢
我独自缓缓溜过铺设一新的中山路
看一切都暖暖的
霓虹闪烁变幻亮丽得近乎妖娆
行人散漫的匆匆的
总还是车们追风般显得急
江厦桥下水面在灯火的梦里流光溢彩
我想哼一曲却记不起完整的歌词来
清清嗓子准备吼一声
妹妹你大胆地往前走
想好了要使足劲叫破喉咙地吼
最终为不使人们怀疑神经是否正常
还是忍住了
只是觉得春风里满身舒爽
旋即顿悟发现了一种叫春风素的物质
这项成果如评奖
声誉肯定比诺贝尔奖还要高
淋浴春风的人们你说呢

2017.03.03

# 惊　蛰

未闻雷震

只是窗外的雨

湿润了露台的花

心安顿下来

舒展在

新沏的茶里

架上久候的书籍

像一处处选定而尚未涉足的景点

今日在天赐的静谧喜悦中

容我徐徐深入

2017. 03. 05

# 茶　色

我喝茶

抑或喝的是景色

挑一处饱览三江风云的窗口

时而凝视天云
时而俯察江潮
时而瞧瞧车流人流
时而钻入书里沉醉
意足时试着让内心放空
闭目无思
寂静中浮现神奇的虚无

2017. 03. 15

## 春　欲

春天的丰富不仅繁花千殊
还有雨的演奏
还有我们的心情

欲望之火旺燃
为什么要浇灭它呢
那是天道的呈现
就像春夏秋冬
该长叶的时节长叶
该开花的时节开花
那是上苍植入的基因
莫负韶光

让能量及时展示力度与美丽
领悟绚烂生命的真意

春天
风是暖的
空气是香的
世界一派多情的模样
谁在拥抱谁在推拒
我坚定地张开了双臂

2017.04.07

# 高 速

无尽的前路
在悠扬的音乐中展开
一百二十码巡航
我修炼自己的定力
被我超越的
不是我
是他没能发挥
超越我的
亦不是我
是他脱了轨

2017.04.08

# 体　悟

我打开天地之门
醉于繁华
大师说
要四大皆空
可我们还一无所有
未有丰盛
怎能领悟虚空

从无中来
自芽里长
花苞酿就果实
让果籽再次循环
这宝贵的体悟
编织成生命的全部

2017. 04. 11

## 美　妙

我总在思想
尤其独行的时候
不管开车
还是走路
自然而然闪悟些什么
其实什么都别想
随意纯粹
天地融和
不是挺美妙的吗

2017. 04. 20

## 立　夏

立在武夷桐木关
源于对生活的一种爱

淡云泊岫
空气茶香弥漫

山里人忙活
我们也流淌着汗

喝了数十年茶
渴望亲近一处处圣地

2017. 05. 05

## 在福鼎

沉浸在白茶的大洋里
感受单纯的丰富

白毫银针白牡丹
新老饼散一款款品
汤色与姑娘的微笑一体清亮

六妙绿雪芽品品香
一家家体味
内心竖起白茶的标杆

世界无限饱满
金骏眉的甘醇及大红袍的酽浓
点缀在昨日武夷的景色里

2017. 05. 06


# 初　夏


我在巨树下领略微风
感受到江河湖海的清凉
雪山之上呢
还有冰雪厚重的南北极
大脑蹦出这样的图景
烈夏酷暑还远吗
新叶清香
融淡风由肌肤沁入内心
我无限感恩大自然一幕幕馈赠
此时此刻
沉醉在巨树下
脚旁还摇曳着各色野花草

2017. 05. 11

# 城市一瞥

无尽的车流
载浮躁的心四外狂野

外国女郎白晃晃的长腿
亮瞎路人的眼
街边两老太评说
老外身条就是好还奶大脚高屁股翘

道路似乎永远修不好
铺好又挖了
数十年来高低难平
尘土漫天

人们茶店里喝着茶
谈的还是如何挣钱来得快

2017.05.17

# 虚实之间

思考的箭
抵达星空继续穿越
寂静而茫茫
自在是绝对的
生命的真意若隐若现
多少哲人失却重力
回不到地面

生活在茶酒之间么
醉了也只在云山雾海里
勺勺鸡汤
多少人迷离
砍去了高度
趴着
连星空都不见

2017. 05. 26

# 山 风

山里的风藏诗
一忽是松脂的浓郁
一忽是枫叶的清醇
空气鲜甜
诱发人们深呼吸

自然是无涯的大缸
盛容大千万有
所有的发酵演变
有心人才能体味神奇

山道上
阳光下
树荫里
风在书写
万物的蓬勃与欢欣

2017. 05. 29

## 探　索

所有的人都在探索意义
其实没有意义
所有的人都在追求永恒
其实没有永恒
你将诗写在云天
不要在乎人们是否看见
最好把诗排列在心里
真的可以温暖自己

2017. 06. 03

## 雨　季

不要说
书中有远山的景色
就连书房外露台的花树
都飘浮着远山的烟雾
江南多雨季节

我的心情是湿润的
那种油然而生的欢快
已在涧水里活泼地跳动

2017. 06. 11


# 远　山


远山高峻
接连云外之云
远山深邃
行走永无尽头
远山神秘
步步都是新境
远山是无穷的变幻
别样的风情
远山是不懈的追寻
心底的向往

2017. 06. 11

# 在　途

老村老树老酒成为念想
杂乱的速变孕育惊惶

众心磁悬浮
离地疾行

多少滥竽堆砌荒唐的新词
内心无底的人群产生被抛离的恐慌

这样的季节这样的雨
我们依然奔波在上班的路上

2017.06.19

# 雨

你不来
多少人盼着

你来
多少人觉得烦
你来或不来
幸可随心
所以你蹦蹦跳跳快乐着

2017. 06. 20


## 动　静


波浪想念堤岸
堤岸渴望远航
心的锚
晃动不息
哪里有极强的磁力
悬停澎湃的激流
只有历却否定
才会逼视内心
追寻孤帆远影
还是静听山寺钟声

2017. 06. 21

# 穿　越

夜的星空涨潮了
飘满飞渡的欲望
宇宙浩瀚无际
想象的翅膀闪烁金色的光芒
穿越现实逼仄的墙角
心野辽阔任意纵横
你的喜欢在那里
就此沉醉停留

2017. 06. 22

# 野　花

野外的花
悠闲而娇艳
她随意散漫着
不期待遇见

寻寻觅觅的人们
因闯入而惊喜
她似乎在说
缘来我也欢喜

自在的洒脱
诠释境界
流连后
谁在领悟

2017. 07. 01


## 糊

土财主的天锃亮
空中没有一丝文化
钱们在街上奔走滚动
风似乎是文雅的
细嗅还是铜的味道
一道闪电掠过
霹雳凌空
暴雨模糊了世界

2017. 07. 03

# 丽 晨

白云朵朵
浮在淡蓝色的天空
自然的现象
少见了
便觉得奢华

昨夜雷雨后的墨云
列阵深青色的苍穹
是否在梦中
太平洋的雪涛
给予了盛大的洗涤

2017. 07. 04

# 悦 读

风流进窗内
淌过敞开的书籍
树叶与野花的清香涌动

思绪进去了
整个世界就在这里

这是一处未曾抵达的景色
这是一次醉心的旅行
我惊喜于她的多姿瑰丽

2017. 07. 04

## 夏　夜

笑谈在透亮的茶汤中沸腾
时间滚动过去
感知隐形

夜深至巅峰
意绵长无尽
星星也在倾听

将明天的时间都支配了
今夜才获得个逗号
有聊的热度比高温更高

2017. 07. 07

# 下班途中

雨将临
天空骤暗
风作
树枝疯摇
水滴砸下来
车蜗行茫茫网中
暑热稍消
季节之常
无惊
已闻饭菜香

2017. 07. 10

# 未 雨

风微
云浮

天宇阔大
只嵌着一颗星
是否寂寞

我站露台目测
距它三百米

星兄
来喝壶茶吧
顺便一聊

2017.07.13

## 写 诗

我用一点点间隙
撒开一张网
把灵感的火花兜住
拎起来回味欣赏

或在不经意间
洒下漫思的雨点
落在浮浅的尘埃里
噗地一下砸出个凹坑

一棵棵自性的树挺立
涧水在丛林里飞湍或轻唱
野径中留有喧笑的印痕
美艳的花朵晃悠缤纷

2017. 07. 14

# 汗　珠

太平洋波涛
在肌肤滚动闪亮

浓缩的澎湃
流露内在的力度

撒下的每一滴激情
都留下了季节回味的种子

晶莹剔透的模样
正是自然坦荡的赤诚

2017. 07. 18

# 夏日随想

世事奔涌
心的小舟泛动
抛锚于天上之星
构筑面对繁华的静

似乎是高温烦躁了我们的心
其实是面对规律从心底里不认
一切在无限中无限行进
有人在犹疑中继续犹疑

昨夜
有人漫数星星
有人沉睡梦中
有人果断启程
有人心已飞越山峰

2017. 07. 28

# 夏　令

高温让我们似笼中的狮子
但这就是生活

人们渴望月上的清凉
并念想与风是兄弟
那么冬天呢

谁能脱离时序的阵列
细察
它没有一丝逢隙

现实不容逃避
要细品岁月的每一滴纯酿

2017. 07. 29

# 留学归来

万里云动
银鹰起伏已国际

留学瞬间事
放眼大洋共天地

手攥三把板斧
实战磨练劈荆棘

且行且学景象阔
贵在天天悟

2017. 08. 02

# 立　秋

狂热结束前的一个逗号
立在果实累累的枝头
春兑现了承诺
风轻云淡有了隐隐的前奏

这是节气的界
我们骑在岁月的墙头
一边是丰盈一边是澄澈
有时想静读有时想远足

2017. 08. 07

# 天　空

天空
云不在
云会回来
因为天就在那里

心在
不会远
思念如丝
因你越织越粗

愉悦如云
要有自我的天空
飘浮
总在其中

2017. 08. 18

# 仰　望

头上的青天
白云浮动
星星时隐时现

这样的高远
十分亲近
给思想以巨大的空间

群云变幻队列
呈现上天的写意
人们领略真正的大片

2017.08.22

# 今　天

天蓝云白
有了自然的真味

多少人
因此而心生欢喜

2017. 08. 23


# 夜　空


夜空很空
只宿星月

亿万年未变
偶有航机路过

那样的深邃远超人心
世俗浮华难以染及

是寂寞还是淡定
映照人们各自的内心

2017. 08. 27

# 赏　云

云很漂亮
你是否也这样想
尤其在变幻飘浮中
隐着半个月亮
几粒星星
我总能凝望很久
不因寂寞
只是醉于天体的运作

2017.08.29

# 乡村盛夏意象

屋旁树林的几只蝉
从童年时候聒噪
几十年了
还不曾静寂
废墙上的南瓜藤

还开着纯粹的金黄色花朵
苍蝇飞来飞去
在蟹壳与鱼刺堆里狂欢
狗们趴在阴凉处发呆
野性尽失
人似乎都衰老了
生机与童年一起走远

2017.09.02


# 知　否


风拂过书籍
或在泥土里激荡
没有不同

闪电猛地撕裂厚云
雷在半空炸响
闷热有了一道长长的豁口

谁说降雨概率为零
人说了算吗
老天打了个盹
别吹嘘一切尽在掌握之中

雨点打湿衣衫
源于万里之外的涌动
有些存在看不见
有些呈现只是冰山之巅

2017.09.06


## 读"哲学的盛宴"


强光从历史的深处射过来
连崇山都透亮了
总是有人用些烂泥想掩盖些什么
先哲的坦率令今人羞愧
数千年前就字字句句明明白白
而今风悬停了
雷电默然不语
在酝酿些什么呢

2017.09.10

## 风雨昼歇

风来的时候人都隐了
雨歇的间隙人们逼迫及待
公园里柳丝与荷叶对晃
河道的花已然衰败
莲蓬遭遇摧折
浓云集群式快速移动
倾盆似乎是分分秒秒的事
不要奢求长时间的行走
其实老天已网开一面

2017. 09. 15

## 禅 修

山在大地静默
人喧闹不休
打扰您的禅修了吗
山答不曾

所有的呈现都是禅修的一部分
内察本心
外观缤纷
滤净万事始涌清纯

2017. 09. 17

## 入　秋

秋从雨中分蘖
一场秋雨一场寒
赤热萎靡下来
人们踏足凉爽的岸
城市在名利的嘈杂里淹没
树叶在季节的大缸中染色
所有的勃勃雄心和精密计算
逃不过时序的裁决与排列

2017. 09. 21

## 桂花初绽

香自月夜暗降
嫦娥思凡的讯信

桂树站立人间
唯与蟾宫对接感应

平日里无视你的存在
思绪飞翔云天

晨步中浓香将我惊醒
长久的静默抵不过一次涌动

2017. 09. 27


## 野　读

野生与养殖的优劣
已不用解释

野性是天然的劲与力

透着原始的活泼与自由

养读很久以后

需要开启野读模式

无关功名利禄

看淡推荐书目

信手抽本书

随意翻几页

入味了

四季没了夏秋冬

白昼黑夜同一

2017. 09. 30

## 中　秋

将众人的心聚拢来
一起捧月
在纷繁的尘世里让我们知道
什么最重要


月遥远得仿佛虚空
但它将游子回家的路照得雪亮

人需要一些仪式
防备自己成为脱线的风筝

2017. 10. 04

## 夜　思

将黑夜捅一个洞
让亮光透进来
如漆的封层太高太厚
似乎用不上劲
在秋夜做一个梦吧
梦里的原野繁花盛开

2017. 10. 10

## 空　间

阳光下炖一壶酒
落地窗前渴望大雪纷飞
将哲学与腊肉一起咀嚼了
笑声里有了鲜的味道

让老茶安静一下
思绪上溯到遥远的远古
朋友聚拢来了
由同一个空间吸引

2017. 10. 11


# 雨　声


滴答声声的静
蕴含九霄深邃的寂寥

心与浮嚣阻隔
听闻太极化生的音律

朋友呼唤茶饮
有小小冲动袭来

天地一片苍茫
还是以书作酒沉醉

2017. 10. 16

## 开　朗

天依然那么高
足够我们胡思乱想
世界之丰盛远超视野
换一个角度
欣赏水飞云渡
将琐屑筛去
留下金子般闪烁的事物
一切都开朗了
包括静处
包括远足

2017. 10. 21

## 霜　降

飞临霜降仍未见霜
露珠依然浪漫
节气循环

给我们一个个观景的站点
可以喝些酒
体验与茶不一样的感觉
让宁静燃烧起来
火苗是湛蓝的
沸腾的澎湃推开窗外之窗
一抹欲望膨胀的亮色
使人欣喜若狂

2017. 10. 23

# 飞 扬

阳光飞扬起来
群云早已飞越星空

书籍的字在飞扬
键盘的声音在飞扬

乐曲在飞扬
种子在飞扬
道路在飞扬
大地海洋天空均在飞扬
梦想在飞扬

放眼望去
没有静默的

只因一颗不息追寻的心
在高高的飞扬

2017. 10. 26

## 调　度

调度好太阳东升西落
白云徐渡
就开始赏月数星星

世事繁复
以本心为圆心
从瀑布般喧嚣中领略清澄

将每一件小事都喜悦了
如微风穿越春天竹林
畅然欢快又荡漾于野花的多情

2017. 10. 29

## 坐　标

你以自己的大脑思想着吗
你拨开尘世无序的纷繁了吗
你踏上了一条野花摇曳在脚旁
远处青山耸峙沿途溪流淙淙的路了吗
你发现内心快乐的泉了吗

建立自己向往的坐标
以诗与艺术的眼光弹奏世界
到处都闪亮了
连天上的星星都成了你的粉丝

2017. 11. 05

## 秋日散步

银杏树叶一色金黄
心情清瘦下来

阳光透洒

少了肥腻的负累


河塘垂钓者无意鱼虾

畅享融天地于一的氛围


自然备下百味大餐

各人的选择不可替代

2017. 11. 06


## 大　道


马路是只大热锅

汽车如蚂蚁

人一刻也不停


心静需修

因为难

往往借助终南山


动极思静

静笃望动

高僧也云游
大道原在动静之中

2017. 11. 10


## 公园闲步


芦苇晃悠
有旷野的味道
河荡几只水禽浮游
呈现远古的意境
钓者全静
钩连数千年岁月
一群女孩是时尚的
阳光下嬉戏拍摄

2017. 11. 13


## 烟　雨


那种迷迷濛濛的样子
诠释了妩媚与婉约

许多故事若隐若现
就像风姿绰约又一晃而过的女子
金戈铁马已随风而逝
卷起的千堆雪绽放成一片烟雨
烟雨是江南的品牌
江南是诗意的家乡

2017. 11. 15

# 阳　光

雨歇
阳光是香的
人们伸展开来
连杂面店也热烈了
嘈杂的口音
与热气一齐蒸腾
对未来的美好向往
蓬勃跳跃
大悟
好天气是生产力

2017. 11. 24

# 茶 坐

连绵的雨
浇不息室内的碳火

话题在沸腾
壶里的老白茶悠悠翻滚

激荡的热力
寒月里如坐春风

古琴韵律柔和
氛围舒缓流畅醇厚

若是雪飞
当温一瓮酒来微醺

2017. 11. 30

# 芦 花

天寒地瘦
万物敛藏
芦花膨胀开来
摇曳悠闲自乐的旗帜
她是太阳的信使
给人以柔软的温暖

2017. 12. 09

# 寒 风

一阵一阵的
我们可以圈一个空间
温暖自己
也可以在旷野奔驰
活泼雄壮

2017. 12. 12

## 信　息

如瀑
阳光下七彩悬浮
光怪陆离
摇晃得心累
需修炼内在的定力
不致错乱迷途

2017. 12. 12

## 冷　雨

最不待见
连绵的冷雨
隔断阳光千里万里
该让锃亮的铜炉一显身手
燃起殷红的碳火
烘烤出一室浪漫的温柔

2017. 12. 14

# 日　出

到野外去
与太阳一同出游
冷雨寒风毕竟只是前奏
你看一切都畅亮了
还有什么不温暖的
连冰块也流下了激动的泪水
点燃我们的心
让欢乐泛滥

2017. 12. 17

# 冬　至

太阳直射南回归线
最长的夜
就要越墙而去
白昼像弹簧压缩到极致
启动反弹

趋势无可阻滞
任何运行都循轨迹
天地不藏私心
春风可期

2017. 12. 22

# 夜

夜将现实的框架捣碎
梦在沃土疯长
霓虹是它的颜色
有时在深处开出美丽的花来
内心还是想用一把野火
将夜的黑烧得透亮
所有的鸟都欢快地飞舞
包括传说中的凤凰

2017. 12. 25

## 码别 2017

一个段落后
换行
该用一支新笔
书写无限的欲望
人类登天的阶梯发轫于内燃
别让各种愚蠢的想法
扼杀蓬勃的生命力
渴望奔驰
并拥有一台强劲的发动机
这是人生的幸运
不可懈怠不可辜负

2017. 12. 30

## 跨　年

一只脚踩在 2017
一只脚踏向 2018

是否需要很大的力气
才能进入新的一年
时间的专列
轻轻驶过
在纷繁喧闹中
展开了新的画卷
请你欣赏
也请你涂抹

2017. 12. 31


## 又元旦


意义在飞翔
人们为寻觅而疲惫
天空还不够广阔
心是无限的
将束缚毫不留情粉碎
自由的高度无法想象
让内在的渴望激发出火花
尝试温暖整个世界

2018. 01. 01

# 天　寒

跌破零度
江南依然绿
雨歇风骤
期待鹅毛大雪
想念起陈年老酒
还有孔乙己原味茴香豆

2018. 01. 08

# 夜宿民宿

半夜风吼
如八百只虎过
门哐哐作响

惊惧
疑大盗再生
好在人多胆雄

天晓时肃静

畅开窗帘

金色阳光满屋


二十四小时内

雨

欲雪

风轰鸣

直至亮色温柔

天道流变

方知大片无片

2018. 01. 09


# 三九严寒


夜很深很深

最深处连接着黎明

我渴望登上高山之巅

沐浴纯粹的光明

觉得这样太奢侈的话

就揪一把椅子

坐在露台的阳光里

读一本书
让心灵充满温馨

2018. 01. 13

# 生　活

如机械快旋
还来几下光与电
十万八千里迅忽过去
我们停不下来
趣味被粉碎
众人死踩油门
已记不起刹车的位置
眼前只有无限延伸的道路
蓝天白云溪流丛林从生命里隐去
盛茶的杯子在哪里
有时只想缓缓地喝一口

2018. 01. 16

## 深　入

我想深入到生活的里层
看看究竟有哪些意义
生活一层一层的
给反弹回来
像是韧性十足的牛皮
我在生活里像是站在门的外面
打开一扇扇门又是一扇扇门
千万年来人们面对的
总是一扇扇门
即使已走到了云外空间

2018. 01. 18

## 大　寒

节气触底
我倒希望你再冷些
来一幕大雪纷飞

让极寒孕育春天
但前方只有深深的浓雾
车在高速奔驰
司机不听劝
我们不知所以

2018. 01. 20

# 等 雪

大雪在旷野飘荡很久
似乎想到了江南

江南的人们不稀罕雨了
雨总是喋喋不休

雪即使很冷
并且带来不少麻烦
人们还是喜欢它一统江山的气概

雪的洁白迷醉了多少人
利用大数据到现在也没有拎清

因为雪来得太少了
人们想起它来全是美好

2018. 01. 24

## 雨夹雪

江南的基因太强大
雨转换不成雪
相互裹挟纠缠了很久以后
城市的天气愈发寒冷
要么厚雪温柔
要么阳光激烈
不阴不阳的
不知谁在喜欢

2018. 01. 28

## 下　雪

飞雪漫天
宇空一片混沌

里面似乎隐藏着许多故事
场景十分远古
西风瘦马茫茫远途
天老地荒独享
前不见古人后不见来者
何处碳红酒沸

2018. 01. 31

# 盾　牌

生活像一面坚韧的盾牌
将我们团团包裹
我们使出吃奶的力气
依然刺不透它
我们在里面旋转
日复一日
有时凭想象的箭跃飞很远
回首四顾却还是在中央

2018. 02. 03

# 红日当头

以无限的光明照亮
以全覆盖的姿态抵达
蕴含的能量
奔放于每一个角度
大道十分简洁
心情与温度相关
立春的阳光砸在身上
内心涌动莫名的惬意与欢喜

2018. 02. 04


# 年　前

风吹过去
风又吹过去
城市与田野都空旷了些

风懒得去深思
它为什么要不停的晃荡
只是习惯了自由

风是思想的宗师
它一无拘束
所过之处阳光像花儿一样绽放

2018. 02. 13

## 节　前

东部新城的办公室
静下来，静下来，静下来

种在田野里的一幢幢办公楼
此刻就像一座座荒岛

我坐在椅子上
仿佛听得到心跳

明日开启的春节模式
已拉响倒计时汽笛

家的炊烟
是丰盛与幸福的写意

2018.02.14

## 倾听除夕

静静的
静静的
倾听时间流淌的声音
它清脆澄澈
在众人的关注里
打一个旋涡
却不减速
又无忧无虑奔涌向前

2018.02.15

## 正月初三

看书
看花开
看云流过

雨丝的浪
阳光的猛
初一初二各演一幕

人聚人闹
春在空中散漫
温度是泼墨大师
大地色彩萌发

2018. 02. 18

## 节气雨水

果然雨水淅沥
古人的预报时隔数千年
还是那么准

再难有如此大发明
今人已失却
耐心与专一的基因

2018. 02. 19

## 正月初五


花红
花大红
钱财满天飞
愿望弥漫宇空
美好生活的想往
沿续数千年
越燃越旺

2018. 02. 20


## 雾山行


大雾浸漫山体
视距只数米
山道行走
有神仙的感觉
眼前一切都消失了
似乎连梦都一体淹没

只有想象的游鱼
兴奋得没有了边界

2018. 02. 25


# 正月十七白昼


花怒放
阳光比花烈
行人服饰缭乱

气温二十七
仿佛夏天
规矩在哪里

不必惊惶
天道在深处
周行不息

2018. 03. 04

# 正月十七晚上

暖风乱入花丛
出来粘一丝甜香

露台静坐
天比山还近

云越聚越浓
似在酝酿什么

电闪雷鸣雨点骤砸
天象轮转快如翻书

2018.03.04

# 追逐梦想
## ——致青春

选一粒饱满的种子
播向空中

期望在足够的高度

绽放美丽的花朵

让更多的人

欣赏独特的美好

不知道养分够不够

但总要有所尝试

脱离泥土的自由

飞扬中伴生勇敢与坚毅

要像彩虹一样

去呈现另一种神奇

2018. 03. 09

## 随　心

像风一样自由

流经高山也飞越大洋

花蓬勃绽放

鸟在枝头鸣唱

白云悠闲

溪水随势奔放

心激昂澎湃

因流连美好而沉思

2018. 03. 11

# 修　剪

露台赏云赏盆栽的花果
想法袭来
便将一棵野蛮生长的金桔树
修剪了
不知它是否疼
反正我认为这样紧凑些
但愿即将到来的春天
能证明我的行动不是一种伤害
当然
它的真实感受
只有天晓得

2018. 03. 14

# 鉴　赏

各色滋味
如何说出内心的爱

无须表达
积淀愉悦的醇厚

将云雾穿透了
共鸣的雷声隐隐震响

一路行走
漫品发现的喜乐

2018. 03. 15


## 福泉山


车盘旋
在茶的阵地

茶未有新芽
先尝景色

柏油路四通八达
云山苍茫宏阔

似世外桃源
东临大海

2018. 03. 17

# 春 分

以抑制不住的喜悦
将春分享了
醉我的酒
原来是大自然的气息
桃红李白菜花黄
樱花茶花紫荆粉繁
连微风吹造的细澜也妖娆起来
大地的盛宴一年一度

2018. 03. 21

# 缙云·鼎湖峰

翻阅无数
春分时节打开你

有黄帝和八仙的踪迹
故事大行其道

好溪水阔浪腾
鼎湖峰拔地而起

四围峰峦雄聚
凸显九山半水半分田

古迹新砌争旧
与旅游索道共喧

步道登高
巅峰风涌众山小

2018.03.21

# 遂昌 · 千佛山

不见千尊佛
佛是整座山
路旋水萦
清幽仙境不忍速行
想坐巨石凝思
直至三千六百天
阳光从树叶渗滤下来
涧水跌宕似白雪喷涌

景在路中
千佛在心里

2018.03.22

## 松阳·大木山骑行茶园

茶是主角
采茶工的舞台
参观的游客一波波来

门票将田野圈养
茶的价值膨胀
人们未尝新茶已付费

2018.03.23

## 游　归

所有的路程
都指向家的方向
白云

也回到它的山窝
知名的不知名的花
都在绽放
畅亮的露台
荡漾整个春天的气息

2018.03.25

# 春 柔

一段沉寂过后
草与树竞相争艳
风柔波漪阳光温馨
我的内心想念起某些事物
像醇厚的陈年酒
有迷人的味道
似乎还越来越浓郁
却又遥不再现

2018.03.28

## 云

云飘来荡去
你说有什么意义
它就是要飘来荡去
一整天从这头到那头
不知从哪里来
又到何处去
时聚时散
兴致来了下一场雨
你在意雨的冷暖
它只在乎痛快淋漓

2018. 03. 30

## 阳光加

在阳光里烘烤
让思想正大光明

并汲取恒久不息的能量
将温暖播洒整个世界

早春天气多变
一阵风又一阵雨
街巷衣衫缭乱
有人或在咖啡馆等你

别像星月般沉默
偶尔可以咆哮如江河
一种肆无忌惮活力
不应被决绝抛弃

2018. 04. 01


## 倒春寒


冽风践踏春的胸膛
一股势力在反扑
温暖被粉碎
人们重置衣衫
花朵在检讨
是否开错了时节
春天在夏冬之间凌乱
却迷失了自己

2018. 04. 06

# 夜　步

夜空下行走
江水如镜
霓虹大范围忽悠
构营出梦幻般宁静
春的柔
不分昼夜
数数天上星星
就像数各色花开
足够丰满
汗水使人轻松
冲一个澡的感觉
千金不换

2018.04.08

# 飞

从任何点位起飞
都无际通透

栖落阳光灿烂的枝头

唱一曲欢喜的歌

继续高飞

有时候

不要离地太近

在空旷苍穹

飞扬我们的心

2018. 04. 10


## 半日闲


蜂在花朵里进出

蝶也这朵那朵地飞

我久久凝视

风却轻轻拂过走远

阳光轻踩油门温度舒坦

白云习惯性悠闲

露台与书房谁更有诱惑力

只有像蜂蝶一样

这里停一会那里停一会

心里还想着风

它飞越了怎样的万水千山

2018. 04. 15

## 光与荫

阳光在灿烂中静默
树叶透下光斑
人都躲藏荫里去了
一半是亲近一半是逃避
上苍极具智慧
常人难持单一的修炼
所以设计了昼夜
所以四季轮回
纠缠什么呢
前路鲜花盛开

2018.04.19

## 春　享

将思想放空
让鸟语花香泛滥
行吟旷野与天地同一

品尝季节之蜜
远方很远
随处赏景登山
内心美好的设想
要像种子一样播撒

2018. 04. 20

# 山

你来与不来
我就在那里
我静静地等待
你总会想起
这里有你的风景
这里是我不动的信念
我出离队列
独听如涛风声

2018. 04. 21

## 雷　雨

用铺天盖地来表达情绪
闪电将云层撕裂
霹雳炸响头顶
车行进在混沌中
雨刷疯狂摆动
千头万绪霎时冷却
注意力聚焦前车尾灯
路似乎漫长了许多
天地呈现另一副脸孔

2018. 04. 22

## 是　否

励志太多
就会想不起天空颜色

心中全是数字的乱麻
无感田头紫色的蓟花已开

机器还不是很像人
人早已成了机器

灵感的闸门锈迹斑斑
人似峡谷急流奔腾碰撞

2018.04.24

## 缘溪行

溪水清澈
是原生野的味道

堤岸瘦竹轻摇
蔷薇一丛丛绽放

与登山媲美
想象的浪花四溅

日光时隐时现
我们仿佛大地嘉宾

2018.04.29

## 雨 点

千万点雨
砸在树叶上
弹奏界
谁敢再称大师
雨打芭蕉
早使古人心颤
自然的杰作无与伦比
人在努力中
沮丧或自我陶醉
逢天籁
不如倾听

2018.05.01

## 如 此

在时光里拥抱时光
在空间里设计空间

将阳光裁剪下来
黏贴到渴望温暖的地方

新叶疯长
树丛散发成长的迷香

浪花纵情奔放
水流畅想随意飞扬

云天孵化日月星
我在大地行走欣赏

2018.05.04

## 岗上行

行走山岗
从脚底开始自豪
目光拔高
村镇积木般小巧
风掠过树梢
不知到那儿去了
只有一股清香
始终在身旁围绕

2018.05.10

## 历　史

历史如风吹过

再吹过

尘沙覆盖又掀开

但已没有从前

有树叶翻飞

还有果子熟了

星星高处冷眼观照

一片雾霾

峡谷激流奔腾咆哮

群山静听一曲

众人蚁行

时而蠢蠢思考

2018. 05. 11

## 流　动

翻开天空

再也合不上

一幕一幕的
写满希望

湛蓝的、青玄的、皂白的
甚至灰暗的
让我们感受到活泼的流动

这是生命的力
打破缺氧般沉闷

天空的演示
使人们有足够的信心
朝前走去

烈日之后
来场暴风雨吧
只有流动没有永恒

2018. 05. 15

## 洞　照

洞照历史深处
文字是最鲜活的游鱼

或许已层层润色
依然不乏时空的蛛丝马迹
前物甚或碎片是一个个注释
人们循此与趣味十足的灵魂对话
有时百思难得其解
有时震慑于先智妙作天成
时人的自大显得可笑
我们已失却丰厚的底蕴

2018.05.15


# 下　班


夕阳的海里
车潮涌起
都奔流一个方向
家
红灯如礁石阻遏
稍后湮没
炊烟袅娜温暖
爱与浪漫都在味里

2018.05.17

## 雷之雨

闷热
老天启动空调
天地的机房传来
声声霹雳
注雨如天地冷雾
从所有的空间喷涌
视野
银河倾覆
感觉
舒爽十度

2018. 05. 19

## 小　满

要有点小小的满足
否则对不起自己
生活五色杂陈

在所有的节气提炼鲜度
你看旷野日渐丰满
雨水一阵一阵的
万物都润朗起来了
我们也该喝一杯
茶还是酒呢
你说

2018.05.21


# 云


把云堆起来
放在天空
松松的、柔柔的
可以放进许多想象
一口咬下去
味道就溢出来
有时累了
也可眯起眼在那儿躺一会
风轻轻的
浑身是淡淡的温暖

2018.05.24

# 想　起

偶尔会想起北欧
蓝天白云
缓坡和草地
高山上的雪及湖边的房车
人闲散如云
躺着坐着或写生
酒和食物点缀其间
波罗的海之风
徐徐吹拂
深深的一幅
天人合一的图景

2018. 05. 29

# 天之空

天空的丰盛
似人心
若有若无

芽从无处萌发
种子或十分遥远

雨有多高
阳光有多宽
众人纠缠浅浅的表象

心泛滥时
抬头望望天之空

2018. 05. 31

# 大 树

满眼的绿
将天都遮蔽了
只漏下缝隙

我仰望
你站立千年的
恒心

古村的大树
蕴含千年文明的脉络
透射出历史深处的光芒

2018.06.02

# 芒　种

把所有的热情种下去
借天地之气
期待花开

再浇灌一瓢瓢汗水
让花的香气
散发自我的味道

浪漫与写实
在这个时节融为一体
心的深处
已抹不去果实的影子

2018.06.06

## 窗外的云

云在窗外
一惯是浪漫的样子
它不进书房里来
书房里却有它的影子
我读着眼前的文字
过会儿抬起头来望望天空
有时丰富得寂寞
又在寂寞中开出喜悦的花来
此刻愿时光暂停
傻傻与窗外的云对视

2018. 06. 08

## 阅　读

是自找的孤独

筑一道爬满野花的篱笆

与现实有一点点距离
就像独拥群山之中碧水云影的湖
暂且清净着丰富

也会抬头仰望

天上的繁星
闪耀湛蓝而睿智的光芒
热烈而又冷静
非常遥远又非常亲近

某个时间某个空间

没有所以
只有一往情深的欢喜

2018. 06. 13

# 观　天

天就那么大
天就这般高
也不是坐在井里
我站在露台静静仰望

星就这么几粒
云也这么几朵
天外的世界什么样
想透了有点乏味

风随意地吹着
心没有边际
要多么深邃辽阔
都随着想象飞

2018.06.16

# 雨

是天外的情怀
坠落到地球
少你的日子是枯燥的
连大地也开始分裂
你的温润
创造了一个新的世界
数十亿年的浪漫
从来未曾改变
让我们漫品细读
你纵情万水千山的容颜

2018.06.20

# 快　乐

让趣味如酒
醉我

美似天星
是一种穿透力强劲的亮

世人的脚步糟乱
要在自我的光里行走

也可坐巨石之上
看清澈的溪水流淌

2018. 06. 21

# 雨　境

雨砸窗玻璃。花
流动
车驶过。船一样的

响

气温凉爽。望去


烟雾迷茫

隐

似乎有仙

江南，江南，江南

……

2018.06.22


## 上班大雨


天大的雨

将上班的人们

一下子浸在汤里

闷热破碎

脚步瞬间纷乱

这是上天的独裁

只有无奈没有冤恨

心里或许还大喊

暴风雨来得更猛烈些吧

因为凉爽

2018.06.29

# 云　阵

再没有像云一样大的阵势
从这头向那头摆渡
自然的原力始于何处
圣人和傻子一样说不清楚
天灰暗下来
雨点试着敲砸车窗
我从你的路过里路过
领略你的气势与从容

2018. 07. 03

# 台风之边

一风已远
雨未在期待里降落
云懒懒凝住
暑热宣布占领
往后的日子倍感温暖

巨树的浓荫里也难觅清凉
最好在傍晚摇着蒲扇喝一杯淡酒
内心满是回味无穷的童年

2018. 07. 13

## 星期天

每天只少有一个理由
让自己兴奋

翻阅一本期待的书
泡一壶高山的茶
或与同频的朋友相聚
甚至去看一朵花开也好
要么就尝试成为哲学家或诗人
随时仰望天上的云

生活的情趣四处弥漫
一阵夏日的风就足够沉醉

2018. 07. 15

# 诸子百家

孔子说去做

老子说别去管它

释迦牟尼说什么也没有啊

苏格拉底说我什么也不知道

笛卡尔说我想一下我是否还存在

李白说拿酒来

陆羽说上茶吧

陈子昂说没有人啊

徐霞客说还是出去走走

陶渊明说不如种田去

牛顿说苹果为什么砸我头上啊

黑格尔说要看到它的另一面

庄子说我是蝴蝶吗

弗洛伊德说都是神经病

苏东坡说浪头将风流人物都打没了

曹雪芹说讲起来都是泪啊

鲁迅说我不会放过你们

无名氏说别来烦我

我说其实天空挺漂亮的

2018. 07. 17

# 视　野

让视野超越云的高度
继续向上
由此独拥无垠的天空

可在轻盈的寂寞里想些心事
一片蔚蓝的纯净
比在终南山修炼更静

人脱离不了地心引力
但想象的光亮无所不及
看见了吗
一只鸟在贴地飞行

2018. 07. 26

# 暑　热

当清凉在南极集结
我在北半球有了点压力

对于伏天的暑热

荷的态度是蓬勃的

其实荷在冬天的形姿也很迷人

它在静寂中鹤立

低下头淡淡的想着心事

那个时节

梅花正慷慨激昂地发表宣言

它俩是大自然冬夏两极的情感布局

仿佛宣示

只要激情在

生命色彩总是斑斓的

2018. 07. 29

## 热　风

风从山岗流下来

还是热

连鸟的啾啾

都藏匿密林里去了

只有蝉

欢唱着独自为王的歌

屏蔽糟乱的信息
一股清浅的水流在内心汩汩淌过
不管醉于星还是醉于月
人的行进应有明确的指南
就像蝉
饮风餐露就有了独特的金嗓子

2018.08.01


# 心 极


那是若隐若现的高地
人们从不在它上面行走
明了的人为它痴迷
浑沌的人一辈子在潮的旋涡里

它是照亮生命行程的一束光
却常常湮没在浓雾里
它是高悬天空灼亮的北斗
你不抬头就感受不到它的存在
它是生命的真实意义
你发现它走向它便满心欢喜

它不是南极北极的兄弟
它是你领略极致风光的峰巅
它是你生命内在的指向

2018. 08. 01

## 高温等风

在高温中等待
下一次台风
可惜我的钱不够
否则让老天拉开泄风的闸门
让人们共享清凉

老天说钱是什么东东
世人匪夷所思
我做事只在乎开心
阳光雨露我收谁钱了
何况一阵风

2018. 08. 05

## 时序立秋

发射了一颗秋的信号弹
夏还十分威猛

树叶茂密罕有飘落
风依然温热

只是趋势给人以鼓舞
凉爽在不近不远处张开双臂

等待秋天究竟在等待什么
春的激情在那一头已经香熟

2017.08.07

## 采 云

很想把云采下来
放在茶桌上

慢慢把玩

里面蕴含大地的仰望

天空的秘密

在云的浅表就呈现

风的呼喊

雨的情感

阳光的热烈

看到色彩了吗

一层一层的

缤纷璀璨

云是那么轻盈柔和

若有若无

我们的心因之欢悦飘逸

2018. 08. 08

## 寻常假日

坐在书房

心已远

难以攥住时间

放空一朵自我的云

让压力

独自去脚下沉闷

信息的乱流
奔腾炸响
目标依然清丽如昨

别去等风
要用心去体验
风临的感觉

2018.08.11

## 唯　美

星在巅峰之上
心在星之上
万事纷繁
对美的向往与欣赏
在一切之上

2018.08.15

# 台风雨

将太平洋的水
滤去盐分
倾倒在旱热的大地

轰轰烈烈的勇猛
促使凉爽暴涨

很多时候
我们并不想念风
只渴望雨水的亲近

风任劳任怨
一力承担海量雨水的搬运

2018. 08. 17

# 一朵云

一朵云盯了我很久
就像一颗星

莫非风的浪漫远去
云开始禅修

我希望酒归酒茶归茶
万物不失天性

我知道星高悬天上
云有时游移山腰

人们常常仰望星云
实是仰望本性自在

2018. 08. 20

# 朋　友

如一首写在天边的诗
有时虽未读诵
内心却浮泛着愉悦与轻松

又如荡漾在大地的酒
处处充满激情
感觉有一点点醉人

那是多彩生活绝妙的因子
其中蕴含着眩目的缤纷

2018. 08. 30

# 心光透亮

云天万里
身轻如飞虎
欣于空间美色

心光透亮若闪电
你在哪里等待
我来时一概景点
将傲气储积了
心高朗泰然
想象多远就是多远
自我的境地漫无边际

2018.08.31

## 趣　味


让趣味发酵
酿一缸酒
大碗小盏盛来
一众朋友蜂拥醉倒
所有俗事尘封
只剩天光云影徘徊

2018.09.02

## 宏　观

以众山为群羊
挥长鞭飞舞天空
牧之

以大洋为泳池
浪击三万里
兴犹未尽

日月星辰如豆
众人若尘
只有心浩瀚

2018. 09. 04

## 夜的眼

黑夜未能闭上眼睛
大地太惊艳

让思想趁掩护深入
寂静里窥见众生之梦

敲打键盘种下许多故事
思维的轨迹十分跳跃

将现实与未来钩连
想象有了着力的锚地

曙光沿同一条路线行进
窗户亮了起来

2018. 09. 05


# 醉

聚集所有的醉
近乎天才
常人滞阻于雾霾
醉眼穿越星空
巅峰体验
一路天马行空
沸腾里构思冷凝
一滴纯净是我本心

2018. 09. 07

# 白　露

露还不够痛快
索性散布稠密的雨

窗外珠丝交织
滴答萌生愉悦之静

况味已异昨日
仿佛有了秋的嚼劲

心里还在寻觅
草叶上一颗白晃晃的水珠

2018. 09. 08

# 场　景

时间嗖地飞去
场景烙下印痕

在多年以后某个时刻
温馨决堤泛滥
有无法穿越从前的遗憾
发愣中含亲切的余温
想浸在往昔一醉
氛围已坍塌流散

2018.09.09


## 明湖初步


柳树沿袭千百年的温柔
湖岸风姿绰约

将未知作为景点
有的美好无法通行

钓者甩钩亮一道弧线
把光阴在竿上晾着

鱼儿没发现危险
觉着荷塘就是仙境

湖堤新筑
行人怀揣猎奇的心

2018. 09. 12


# 云是一种心情


云是一种心情
吸纳足够的爱恋以后
轻逸起来
有了天的感觉

云也食人间烟火
有时像金石一般沉重
无法纾解的郁闷
常用霹雳表白内心

仰望云就是仰望生活
它总是在那里
不断赠你欢喜
有时撕给你一片小小的忧愁

2018. 09. 18

## 童年的响

嚼破一粒豆
有很响的童年
现今的人们
体味不到那时的松脆与香
时光已经很老了
许多人不敢去深究
只在大道上浮浅滑行
噶嘣一下
豆的脆响有十足的黏性
时至今日还在绕梁

2018. 09. 19

## 近中秋

渐趋丰腴圆润
中秋是月的巅峰
透亮肥美

众心在仰望中痴醉
念想聚集起来
情感在某个点位已沸
这一时刻
所有的瘦削均含无奈的成分

2018.09.20

# 一滴雨

一滴饱满的雨
降落的半空在想
落在何处有些意义

在水面
在粉尘飞扬的马路
在草丛
还是在干旱的土壤里
雨滴的选择居然十分丰富
去敲打人家的屋檐
砸响车窗玻璃
在花瓣逗留
或滑过美人的脸

选择是幸福还是纠结呢

雨滴想了再想

最好还是落入诗人的凝视里

2018.09.22


## 秋　雨


树叶与雨在谈论着季节

有些游戏似乎要改变

风将更多自西北方向吹来

但总体还是宇宙内的那些事

大地准备空旷起来

让人们忙活后开阔一下心胸

冬还隔着几重山头

有人在果实与酒里开始沉思

2018.09.22


## 城　市


天空在许多高楼里挤着

夜的灯十分嚣张

所有的人都急
包括等待
以为茶是静的
它照样沸腾给你看

2018. 09. 23

# 中秋的日月

太阳还很猛烈
谈月已泛滥
今天的太阳再如何卓越
也只好停靠一边

这一刻
时机裁决轻重

地球定速巡航
月的站台万众仰望
人心如大潮
追捧月的牵引

2018. 09. 24

# 夜空之美

夜空如阔大而裸露的溪滩
云朵若卵石晕散堆叠
深青的底色是水
圆月悠闲穿行
色彩魔幻
目光粘在那里下不来

2018. 09. 26

# 秋　爽

微风流入阳光
秋与春倾洒同样的调料
味道一色熨贴鲜爽
只不过嚼劲不同
桂花的浓郁
异于桃李

我们尽情享受生活
对温度及趋势起了敬畏之心

2018.09.29


## 小长假


连小鸟都出去了
我也将遵循微风的踪迹
到浩阔的山野里
去咀嚼荡着鲜味的空气
那里的草木已发生变化
我关心它们太少
今天要浸在天地的大缸里
一醉再醉

2018.10.03


## 秋台风


风很努力的样子
想把雨捣大

雨有自己的个性
不是风想怎样就怎样
因为已经秋天了
激情的潮水已按捺住澎湃
滴滴答答一阵后
雨就歇息去了
风失去依恋
就想北上看看
日本、韩国开始惊天动地

2018. 10. 05

## 灿　烂

灿烂盈空
心轻飑缤纷
细析光谱味便寡淡
有些感觉出自一体大炖
眼前一切色香俱足
生活在一个个旋涡里沸腾

2018. 10. 07

# 桂　发

风兜了个圈回来
季节已变

桂不再低调
人们一如春天蜂蝶

静默中能量渐次膨胀
香的聚合悄无声息

秋一路风靡
气息已十分迷人

2018. 10. 09

# 风　行

风不择路径
从所有的空间穿越

夜张开大网
一丝也兜不住
只不过树的摇滚隐形
但声响泄漏了肆无忌惮

2018. 10. 18

## 浴

一股喷淋下来
我感觉到太阳的手了
爱不分白昼黑夜
浸淹所有时空
将心也赤裸
卸去思绪的枝叶
让温热抚慰上下左右前后
领略纯粹的欢愉与惬意

2018. 10. 20

## 间　隙

一束光从云缝透射
一株蔷薇在秋风里惊艳
雪还在天山
离这里很远很远
时间的河流
看似没有间隙
但我从一簇簇浪花里
领悟了水波的连接

2018. 10. 26

## 哲人的飞舟

夜张开深邃的眼睛
浮浅的白昼已困

独自在夜空无限深入
只有哲人的飞舟

白昼是平淡的
平淡到只余嘈杂

谁能静下来呢
山还是水

2018. 10. 30

# 钓　者

像河边树
天人合一的图景
被水体所吸引
没有鱼
只有阳光陪他
风晃动柳条
他还是静
似嵌入天地寂寥
或正沉思千年心事

2018. 11. 01

# 立 冬

晨，鸟聚鸣
我不鸣，只听
不知它们说些什么
似论大事

鸟也知节气之变
原以为只人聪明
看来太自大

野，对红黄绿又有想法
树叶在飘落
天地重筑空旷

2018. 11. 07

# 生态公园

没有风
阳光淡淡罩着

树、草与芦苇俱静
人也稀
正好铺展心情，水鸟
扑楞一下
水面起了波纹
波平，仰起头来
树上也有鸟，噌地
跃出去
它们，注视我很久了吗

2018. 11. 09


## 晴　秋


忽而跳入晴秋
阳光烹制得恰好温柔

暖香无声渗入肌肤
落在心的沟壑，有微甜

并且慰贴润滑，散发
舒爽的气息

浸泡其中，不想动用言语
表达，默默自醉

2018. 11. 10

# 爬 山

山不高，心高

古道已不是古道
人流盘旋，时尚逃无可逃

我来了，蓝天白云
巅峰，重新定义

水不是酒
流淌，也产生温热

汗水会不会燃烧呢

2018. 11. 11

# 悉尼情人港

再到情人港
满港骚动的游客
不见情人

船都养殖成餐厅
景点认钱不认情调
浪涌心难涌

船上观岸景
众人手机喂饱喝足
我啤酒加浸柠檬

2018. 11. 14

## 岁月静好

在悉尼的宾馆早餐
洁净松散

各种肤色汇聚
少有交流

光自落地玻璃透进来
外面公园树木巨大

一位银发老者
空盘后盯着报翻看良久

我吃了走
他还没抬起头来

2018. 11. 15


## 飞机延误


肥硕的体躯罩黑色的制服
满头金发
臀部像两扇厚重的磨盘，女郎
在机场大厅很有质感地走去
悉尼飞墨尔本的飞机
延时再延时
排长队的聚了又散，散了又聚
有的为巩固成果而决绝
任性，席地而坐
我们将从一个城市的夜色，闯入
另一个城市的夜色
没有疑义
只是读腻手机后，靠无聊的观察
来排列时间

2018. 11. 15

# 墨尔本周末

太阳尚未下山
酒声已起
街座挤了又挤

满街流淌的人流
羽绒服与吊带背心错杂
抽烟的女郎接二连三

一个因金矿而兴的城市
建筑设计先锋时尚
但在心底烙下的还是
皇家植物园领衔的
一众公园里的花草巨树

2018. 11. 16

# 又临大洋路

把深蓝的大洋镶边
盘旋的公路成了钻石外围的金
这一路令人沸腾，但

最美的沿途
首见是欢呼的风景
再次相见只余漫漫路程

当然还有牛羊、牧场、树林

2018. 11. 17

# 澳洲旅途

空旷的原野
阳光十分开阔
天际线呈现一个大大的圆弧
牛羊也是幸福的

草原尽头还是草原
最好在此做一只悠闲的鸟
可以与同类戏耍
也可在人群的脚旁走来走去
有想法了
就自在地飞翔得很远

2018. 11. 17


# 皇后大道


新西兰不仅有
蓝天、白云、草地、牛羊，还有
名号响亮的皇后大道
这是新西兰最大城市，奥克兰
最繁华的街市
这是全国四分之一人口集聚，号称
国家经济文化心脏的商业中心
不同肤色的人们混杂漫步
但其壮观与繁华
与宁波的中山路，确实
还有不少差距

2018. 11. 18

## 车行新西兰

一个小小的岛国
因为人稀
便阔大起来
沿途草树起伏连绵
遥无际涯的绿色
远接天边
牛羊悠然散漫啃啮嫩草
我难得空旷的心呵
似有朵朵白云浮现……

2018. 11. 19

## 草上树下

我坐在
新西兰辽阔的草地上
一棵巨树之下

近望如洗碧空
远瞭诗画般山形湖影
头脑开始惬意地迷糊朦胧

绿色充盈
白云缓缓浮动
一种羽毛般的轻逸飘忽
流向四肢百脉
渐渐通达整个身心

不觉过了多久
忽而有人喊
上车了
这声音粗野刺耳
旷古绝今

2018. 11. 19

# 波利尼西亚温泉

半露天的温泉犹如半抱琵琶
浸泡其中是一种反常态的体验
温度改变了思维的生发
皮肤对硫磺的感应相当鲜活

凝脂般的光滑
将粗砺暂时征服
近湖远山有了仙境的神秘
仰视天空一体纯粹虚幻
将重复的单调粉碎后
人们惊喜于另一种淋漓的新奇

2018. 11. 19

# 回　归

从南半球回归
语言打了个旋涡又淙淙奔流
舌尖重拾熟悉而美好

感觉气象也是厚道的
连绵的雨转场
降落到我们刚离开的城市去了

初冬的阳光迎着
银杏树叶黄得纯粹而艺术
是什么使我一味欢快呢

2018. 11. 23

# 阳光之下

阳光裹挟无限的诗意
就像云和雨

在湿地公园巨木上坐下来
酣享初冬温暖的熨抚

惬意如根输送养分给绿叶
未留发生的痕迹

芦苇丛里水鸟响动
是否有鱼虾呢

2018.11.30

# 柿林村

峻山、涧溪、深林
还有风吻在红透了的柿子上

屋前摇动绿色的芭蕉

人们的兴奋在四明山深处燃烧

这是一个与自然一体的古村

有许多故事与味道

网红的老柿林咖啡厅

亮着传统炖时尚的酒、酱、蜜、茶

2018. 12. 01

## 柿林，柿林

风过山岗

迷失在一片柿林

林中有村

石街、石屋、石井

踏着石街似穿越历史

两旁酒家饭馆如私房菜大展

一口澄澈明净的井

已灌溉村民六百余年

村边涧水清流飞瀑入潭

步道逶迤景随路新

这是陶渊明的世外桃源

民宿客栈星罗棋布

每逢假日还是一房难求

2018. 12. 02

# 丹山赤水印象

村口几棵巨树
村尾几棵巨树
村里村旁矗立许多巨树
红红火火的柿子
像热热闹闹的日子
在蓝天白云之下
在老街老屋之上
宣示赤诚滚烫的美色
生活的丰收与喜悦
充实与闲静
似铺展竹匾上的秋实
又像村里一口六百年老井
清冽透明直达内心

2018. 12. 04

# 一望无际

雨，一望无际
从眼前一直到天边
我站立窗前，想着
今天的雨与远古的雨的关系
身边的喧嚣是天地的尘埃
只有雨的声音
雨的模样
亿万年来童真未变

2018. 12. 04

# 风　景

一个人是一处风景
别说个性的容颜
便是走过的路
也经历了不同的季节
生命提供了无数的可能

容我们一页页细翻
哼一曲小调
内心涌起盈盈的舒坦
铭心刻骨的爱恋
使热血沸了又沸
日月升潜风去风临
你坐下来或随意走过
处处流动着迷人的风景

2018. 12. 06

## 大　雪

在大雪的时节
我等待大雪
可你还在北国逗留
江南的雨
已为你打了几天前站
铜炉的碳火
也准备在你来时疯狂
气温骤降
昨日的单衣今已重装
一壶陈年的绍兴酒
我在心里已将它炖得热气腾腾

2018. 12. 07

## 欲　雪

噼噼啪啪
雪籽固执地抛撒了一天
还未酿成雪
但我相信坚持的力量
今夜的天空
必是大雪的舞台
让雨雨雨的气象预报
搁一边去
我已感知冬的节律
期待明天的世界
是另一番纯粹的模样

2018. 12. 08

## 冬天的冷

冬天最冷的是没有雪
也不见阳光
而气温却直掉冰窟里去了

有阳光就有温热的壳体
雪的浪漫
则能激起温热的内涵泛滥

别用日常的逻辑分析一切
在生命的能量场里
即使科学的公式计算也缺失意义

2018. 12. 09


# 念　山


有点想山
但天，雨连着雨
叶子的故事已十分灿烂
忙碌的时候，我们无暇遇见
山径的魅力
无法用语言表述
某些时刻
最好的表述是沉醉

2018. 12. 11

## 走向纵深

阳光从雨的边角泛出来
还缺乏自信
人们已在大地列队
仰望你大面积的占领
你还磨蹭着学习小姑娘的羞涩
将无畏与老辣掩藏在云的厚袍里
我们都勇敢地走向风
走向寒冬的纵深

2018. 12. 12


## 书 店

门开了又开
各色人等
如缓慢的水流

内涵已明显不同
有的凝滞，有的掺杂
少有活泼圆润

含金量越发稀少，就像
满街的专家教授
浮浅如临季的落叶

一声叹息
风雅难觅啊，内心
还是想在其中有所发现

2018. 12. 13

## 鸟飞过

寂静的冬晨
一只鸟从梦边飞过

我的思想醒来
所有的指向都冒出火焰

选择的艺术高于艺术
坚持与放弃都是强大的体现

若是无法决断
可细细翻阅梦的初始

剥去绚丽的外衣
内核闪亮着纯粹的真实

2018. 12. 15

# 时　尚

在时尚空间谈论时尚
咖啡与茶同席
语言如瀑布飞溅
寒冬的气温推高了几度
灯们放射太阳的光芒
想象呈现七彩
内容是暖的
时尚跨越年龄性别国界
美的要素在这里翻滚奔腾

2018. 12. 16

## 心

你的指向是无穷的
但我有限
因而我不能豪放地散乱
我只能聚焦
这样才能使我的欢喜
燃起熊熊火焰
即使在凛冽的冬夜
也弥漫着激情与温度
生命为什么有光
只因在某个点位充分地投入了自己

2018. 12. 18

## 鸟 们

鸟们还是不肯亲近我们
虽落在视线之内
我们轻轻走近

它们就一跃而起
这是心与心的距离
我们以为已十分友好
它们没有忘记伤痛
我们摧毁信任
从此找不到建立信任的钥匙
你看我拍摄的枝桠
鸟已自然飞散
一只也不剩

2018. 12. 19


## 途　程


从一个点位到一个点位
充实与欢乐填满途程
我撒下的种子
在每一个时刻都开出花来

2018. 12. 20

# 冬 至

每一个日子都从容不迫
每一个日子都会到来
我们把它标注成什么色彩呢
甜的还是咸的
或是一颗五香豆
俗云"冬至大如年"
它在为一个重要的日子打前站么
人们更多看到的还是它自己

2018. 12. 22

# 山野，山野

雨歇，阳光深藏云后
草叶晶晶发亮
山就矗立在那里
心，捺了又捺
终究还是跳将起来

雨粘人太久
向野的能量万马奔腾
风光是无限的
你选择在哪里出现呢

2018. 12. 23

## 想　起

有些朋友
就像窖藏的陈年酒
自在一隅
且越来越醇香
某一天我想念起
一股甜甜的暖劲涌上来
所有的时光全是春天
花香鸟语烂漫

2018. 12. 26

## 浪漫还是奔驰

气温陡降
山河颜色深沉起来

风正撒泼耍横

阳光远去十万八千里

人少了些嬉戏

热胀冷缩也适用于心情

想重启活泼

除非大雪纷飞

防御寒冷

要么十足浪漫要么尽情奔驰

2018. 12. 28


## 散漫如星


昂起头来，发觉

与蓝天最近

在它博大的胸怀里

燃烧的恒星一片宁静

我们前行前行

还是前行

那就不妨散漫一下

甚至逗留、徘徊、沉浸

2018. 12. 29

# 度　冷

二〇一八年冬季甚冷
幸有文字如碳火
书在桌上排起长队
我欠下检阅巨债
内心充满闯入新境的兴奋
凛冽里原来蕴含着太阳
我的喜好并不奢侈
只是想往大山里行走

**2018. 12. 30**

# 雪别二〇一八

二〇一八毕竟是二〇一八
江南也以雪画下句号

城市的雪羞羞答答
干脆就上四明山

四明山今天像喜玛拉雅山了
有了些神秘及风险

江南的雪就这么几天
不会喝酒的人也想到了酒

追求激情的人尚未尽兴
总觉得雪还不够浩荡猛烈

2018. 12. 31

## 2019 元旦登山

四明山很大
不但有上一年积雪
还有向往春天的冬笋
我们盘旋深入
千年古村
在石墙里兀立
屋前溪水不知荡涤多少岁月
还是透亮得乳臭未干
万物敛藏
冬笋呆头呆脑启动破土

冷是冷了些
冬笋雪菜汤里有生活的鲜爽

2019. 01. 01

# 小　寒

江南与西伯利亚的区别
此刻只是雨还是雪
一色的凛冽
填平了纬度落差的巨大沟壑
绍兴酒与伏特加尊贵起来
铜炉与壁炉谁更温暖呢
一个容易被人忽略的节气
由连绵的阴雨凸显出来
江南漏了
寒冷从每一处缝隙渗入

2019. 01. 05

# 雨雨雨

连绵的雨
烘托太阳不可攀的高度

官方数据
四十天日照三十七小时
历史同期最少
其间降水二十六天
创历年同期新高
这个趋势还在延续

考验人耐性的方式很多
太阳就在头顶看着

2019.01.09

# 雨中的太阳

雨握雨数十日不松手
人心里漏出些狂躁

你见着雨中的光亮了吗
那便是太阳啊
我连它的香甜都嗅到了
就在头顶三千尺

雨还悠悠地下
在给太阳洗尘呢

2019.01.10

# 大　地

我在你的怀抱里行走
因你的丰富而喜悦
再辅以阴晴雨雪的调味

我与你的对话打开无限窗口

生命是一团欲望的火

渴望照亮未知与黑暗

一棵小草一滴雨声

都是震颤心灵的导火索

一束阳光一朵鲜花

足以使我们的世界闪电雷鸣

2019. 01. 17

## 太　阳

我写你

你已毫无感觉

因无数个人写过你

今天是 2019 年

第一次见你

你大了一岁愈发谦虚

久久躲在阴雨身后

但你的美好

我们一刻不曾忘记

2019. 01. 17

# 白芽奇兰

茶里有一个天下
许多人都醉在里头了
好友从福建觅来白芽奇兰
天空似乎又飘浮一朵新艳的云
柚子花香逸一丝淡淡的兰韵
醇酽的乌龙味在口齿荡漾
这般丽名足以令人垂涎三尺
细闻慢品渐悟人如何成仙
茶境从来不设大门
愉悦源于寻觅与分享

2019. 01. 18

# 大　寒

透过厚冰
春天的朗笑已隐隐可闻

但冰呢
似乎留在了童年

我很希望
男不失刚强女满怀温柔
冬天一派冰天雪地

有时候人会在尘霾里迷失
忘了节气

但我记着
今天是大寒
虽说有点不像样子

2019.01.20


## 闪亮的金箔


阳光的抵达不需路径
只发乎心情
它是铺在冬天大地上
闪亮的金箔

我想以阳光为纸
写下飞鸟跃向云层的欢欣
却发现鸟们早已在草树间
叽叽喳喳

人们顺着公园的道路漂流
心与衣服一齐畅开
在阳光的轻浪里沉浮
现实的岸隐隐约约

2019. 01. 22

## 夜　晚

阳光去旅行
灯火色彩斑斓
纯粹走向缤纷与凌乱
人们从一个空间
转移到另一个空间
自我绽放出个性花来
更为飞扬或萎靡
喧嚣与寂静一样隐形

2019. 01. 23

# 时　间

时间不徐不疾
人却追不上也拉不下

它本无任何存在
人凭想象进行切割标注

每个空间都有它的影子
但并非具象的投射

世间万物都泰然处之
只人对它产生焦虑

2019. 01. 24

# 冬上金峨山

生命是一团能量的火
就如太阳

在家里闲散
不如上金峨山

山风呼呼吹
阳光粘满大地

天空的颜色是少年时的蓝
道傍的茶花醒着

这山有十足的魅力
一年四季无穷的变幻

2019. 01. 26

# 一阵风

快乐就如山道里吹过的一阵风
它没有任何思想
它就随意潇洒地吹过了
那一头梅花却因它而绽放
它一刻也不曾停留
也不在乎有谁在等待

2019. 01. 26

## 纯　粹

今天的阳光很纯粹
像一泓清水
能透视到底部的沙粒
无任何阻碍

2019.01.27

## 沸　腾

阳光因树叶而斑驳
我因你而沸腾

2019.01.27

# 写与读

不耐等待
就在红灯前写诗
有了一裤兜的时间
便静下心来读书
觉得有趣的事遍地都是
就像野草
而我也不着急
野草总是在那里的
说到底野草也没啥地方可去
只有在我心里疯长

2018. 01. 28

# 某一刻

阳光的笑声很远
雾霾显示亲近
有的东西挥之不去

它是某一时刻的组成
将目光转向另一边
生活的水流湍急
你可以有自己的岸
坐巨石之上
数一个个旋涡

2019. 01. 30


# 宁　静


一羽宁静落停书桌
我的心起飞
在天外的巨石之上
在寂然无声之间
凝视星球幻化
生活的河流奔腾
浪花飞溅成群山的腰身
能量之火永不熄灭
喷薄出难以想象的奇迹
宇宙之美无穷
我深入其间不思自拔

2019. 02. 01

# 南风每秒 8 米

阳光铺满道路
风也想经过一下
落叶蹦跳翻滚
尘土选择随从飞飏
年节临近
许多人飘回家乡去了
我们一年一年的
根越来越深
已习惯将天象变幻
当作大片欣赏

2019. 02. 02

# 年味渐浓

办公室听得到针掉落的声音了
桌面也爬满随心所欲
当世界安静下来

我们有了些异样的轻松
让自己的心蹲高山的树梢之上
与滚滚红尘保持一段距离
许多声响正在远去
内在的向往凸显出来
此刻你在想什么人和事呢
也许有些人和事也正在等你

2019. 02. 03

# 过　年

当众人的心
指向一个节点
事情便自然隆重起来
不论你在任何方位
正在做什么
都像潮水一样
涌向同样的堤岸
宇宙浩瀚
很容易迷失方向
我们需要一次次回归
一次次拥抱与抚慰

在真切地确认后再出发
前路鲜花盛开

2019. 02. 04

# 大年初一

连鸟的鸣叫也充满欢声
它窥见我新年的喜悦

花的颜色似乎艳于昨日
心情美好一切亮丽

溪岸行走闲雅松散
暖光使水体澄澈见底

古今中外抛洒一地
查看步数已超一万八千

2019. 02. 05

# 一簇花

在雨和雨之际
阳光象一簇耀目的花
它有千百种味道
今天裸露出透明的微甜

有时候它像大江大河
哗啦一声去了
我们没有顾及这样一种豪放

有时候它是一坛洞藏已久的佳酿
内含火与喜悦的成分
我们在漫品中忽然仰望

2019. 02. 06

# 雨　读

雨丝交织

文字圆润起来

呈现出欢快的节奏

阳光转个弯

展开一片别样的宁静

若有若无的缥缈

一滴一滴

每一颗都饱满地泅入我心

文字由此发出光亮

开出花朵

2019. 02. 07

# 正月初五日

愿望如花

色彩千娇百媚

她在绽放中

或正孕育绽放
这种美丽将彻底照亮人生
并使整个世界喜悦泛滥
她期待真情的拥抱
让我们热烈地张开双臂

2019. 02. 09

## 冷与热

寒冷是一种认知
野外的脚步热气腾腾
在阴云与光光的树枝下
草叶显然暖过来了
雨洗后的空气透着甘甜
我的心情已开出春天的花朵

2019. 02. 12

## 雾

雾乃太极，将坚硬
荡漾成柔美
放眼远眺，混沌

比辽阔更深邃
我想象无际的穿越
滤尽生活琐碎
远处似乎有神仙下棋
不妨瞧上一瞧，隐约间
身上沾了点仙气

2019. 02. 14


# 久 雨

想去补天
女娲的五色石已给人捡走
哪里去找宝石呢
熔炼的技术失传已久
雨水滴漏不止
也不知门在哪里
我们常常忘却前尘往事
用时找不到备份

2019. 02. 15

# 云

我不知道云从何处来
它就在那里了

也不知道什么时候消散
只是望去已无影迹

云是天空的浪花
有时过于汹涌猛烈
常常溅湿江南

一旦平静下来
又一脸闲雅静淑

2019. 02. 19

# 雨一直下

下个不停的雨
总有它缘由

你曾说欢喜雨的浪漫
几十天缠绵
为什么就漫延成一片烦愁

无法左右老天的任性
只有按捺一下自己内心

雨也给我们上课
欢喜什么
其实没那么简单

2019. 02. 21

# 鸟

一群鸟
落在路边的树林里
我走过的时候
它们唧唧喳喳鸣叫
我不认识它们
也听不懂它们的语言
但感受得到，它们
肆无忌惮的自在心情

我停下脚步，观望
将一丝羡慕挂上了树梢

2019.02.22

## 驾　驶

我将马路当作天空
让心飞落进云里
风从一旁呼啸而过
速度的味觉沸腾

2019.02.23

## 雨夜高速

雨将群山拥入怀抱
夜淹没村庄
太阳照亮另一个半球
这里派出灯光
意念与目光十倍聚焦
路标接受强光刺探

车内氛围暖适
脚底泛起澎湃动力
将方向握紧了些
音乐如溪流舒缓松散

2019. 02. 23

# 来　往

有人走过来
也有人走过去
写着各自的故事

春天的花
开在冬的尾
终究将灿烂连绵

风一路吹
拂在脸上已暖
一时记不起
寒冷在那一天翻转

2019. 02. 25

# 兰

一股奇香浮来
兰花在不觉中微开
书房里也有季节
平日已经忘怀

2019. 02. 28

# 留　白

是否要将空白填满呢

满世界尘土飞扬
众人掉入奔走的陷阱

很多人已不会思想

问一下自己
星星为什么亮在那里呢

天空有没有意义

2019. 03. 01

# 多 雨

别抱怨绵绵两个月的雨

与天讲道理
是我们没有道理

天的宏大
我们连一斑也没有窥见

人连忍耐都十分渺小
看不到星星后面的星星

老天说
我明白你的不明白

气度与视野是抹不平的距离

2019. 03. 02

# 春 困

春天还没来
已有点困倦了
今年的花朵
将重复在去年的草木上

我的心能否起点波浪

撩人的色香
常以脱俗的姿态
绽放在幽谷
我在沉思

以怎样的方式遇见

2019. 03. 06

## 倏然一念

我想乘一片光
飞翔在　到来的春天里
没有什么太多想法
就是感到喜悦与满足
鸟的声音
从一棵树　跳到另一棵树
音乐会显得拙劣可笑
在自然面前
人为的努力微不足道

2019. 03. 09

## 倾　听

谁在倾听
我思绪的声音
有时候它嗖地一下
弹射在望不见的远处

没有发力的痕迹
倏忽呈现全新的风景
那是生命的张力
像闪电冲破裹挟的沉闷

2019. 03. 11

## 春天里

阳光是飞翔的翅膀
嫩叶香甜发亮
能量的瀑布倾泻
澎湃势不可挡
连茶芽也呈现暴发力
跳向杯中裸泳
无酒也会使人眩晕
美好是有度数的
必须有一个合适的去处
融和自己蓬勃的心

2019. 03. 16

# 视　野

若视野不够广阔
就想象成凌空的飞鸟
不再仰望云天
用心注视人间与大地

2019. 03. 16

# 春　钓

心在晃动
还是鱼在游
一排钓杆似静非静
人在无为中布下陷阱

2019. 03. 18

## 逛书店

我因阳光而燃烧
在书籍里安静
窗外的风暖
店内灯光柔软

我想找个不认识的人
看看在文字里堆出怎样的风景
天上的云在这里舒卷
远山的野花也随意散开

多少雄心随春天萌发
我在一隅激荡沉淀

2019. 03. 19


## 远　足

窗外的几朵花
几棵树

很撩人，但
是不够的
让我们去发现
整个春天

动车，动起来
从一个城市
到另一个城市
田野欣然
大山呈迷样容颜

所有的到达
还仅仅是开始

2019. 03. 22

## 诗意云流

从九朵云到拾间海
自高山到海滨
民宿诗意爆棚，仿佛
人们住的不是房间
是躲进了云团与大海

在世俗，总想脱离世俗
且以美好的向往
进行无限构筑
或许相差十万八千里
但诗意的寻觅永不止息

2019.03.23

# 上 岛

山到海有多远，岛
是神种在大海里的巨树
风一阵阵吹
天地互致问候
船像小鸟一样穿梭
我们从一个空间，来到
另一个空间
虽然衰草尚未返青
但蓟已开出茁壮的花朵

2019.03.24

## 常　识

今天的太阳
在常识里升起
曾经的雨
已在记忆里淡去
虽然不远处趴着云团
甚或还有闪电
但此刻的光芒已足够照亮
翅羽的升腾飞翔

2019. 03. 26

## 花　间

春天的诗是上天写的
人只能阅读欣赏

温度与湿度调出色彩
大地凸显多情浪漫

手机拍摄如众蜂采蜜
我们已忘却纯粹的品味

需要李白一壶酒
在花间来一场大醉

2019.03.28

# 春 野

春野，雨洗后
连空气
都有一丝丝鲜甜

出壳的雏鸟
以为世界就繁花锦簇
唧唧啾啾
满是它们的欢声

你爱的，那些花
其实也爱着你
你低吟浅唱
它以含香的微风回应

2019.03.29

# 空　间

我藏在空间里
要谁知道呢
即使知道也不知道啊
何不自己沉思

万事万物皆有纹理
哪来寂寞空虚
寂寞空虚的
只有不可触摸的心

我面对的是
繁花盛开的缤纷
繁花的缤纷如何面对呢
我想了又想

2019. 03. 30

# 风　行

风藏于山林
不如潜匿风里
想隐去自我
自我却无限膨胀
云在疾速移动
水面涌起簇簇浪花
你所过之所
静默很远很远
声响是天赋的个性
给人不灭的印象

2019. 04. 02

# 春　雨

水线是亮的
莹润饱满
散发莫名的温暖

滴落新叶的声音
在心里弹了弹
有一丝柔和酥痒

望望天空
随时要晴的样子

2019.04.04

# 心 里

无法用语言表达时
我就抬头看云
想着云代言天空
那么随意轻松

树高了又高
花也开了许多
我内心摇曳起喜悦
像漫山遍野新叶

朋友说你在哪里
许多种约
承载许许多多缘

我在众人的世界里
我在我的心里

2019. 04. 07


# 之　外


我撞开一扇大门
豁然洞见宇宙之外

将日常粉碎后
欣赏另一种意象

星的撞击如璀璨礼花
这是银河的游戏

小花是大地的星座
我们有时一脚踩过

宇宙之外深邃无限
我尝试站立无限之外

2019. 04. 09

# 见

风，一地落叶
红灯，绿灯
人，匆匆

满席新茶，喝
谁的故事
山头，王者论剑

心，繁星
茶是某些人黑洞
生活，浩瀚

2019. 04. 11

# 光

风很猛烈
满地翻滚樟树的落叶

花依然怒放
毕竟春天


风吹不皱光
除非光在水面上
但皱的
也只是光的皮壳


为什么要动摇呢
黑洞就在那里
我们观赏
并不因此进入

2019. 04. 14


## 生　活


生活是铺天盖地的
阳光或雨
还有之间的云


你可以选择道路
很难左右天气
而人在行走中绽放

鸟在春天歌唱
人不知它的语言
却领略了它的欢欣

2019. 04. 15


## 峰享普洱茶

撷取古树精华
我们封藏一段岁月

某年月日某一刻
悠然品味

那时的寻觅与执着
那时油亮的云朵

2019. 04. 19


## 谷　雨

雨就那么来了
遵数千年前预报

古人的简陋与智慧

粗糙与精准

绝无矫揉造作的大雅

让人望着天空发呆


布谷鸟深情呼唤

去播种吧

那些躲进一隅的人们

正在失去大地

2019. 04. 20


# 云　流


在群山之巅

云如溪流

一浪浪涌过


我们一重重闯入

一次次发现

相同而又不同的

草树与花朵

高高的白岩山岗
风车公路
风流云流人也在流

2019. 04. 21


## 山峰自白


山峰为什么是山峰呢
板块碰撞的剧烈早已远去
人的仰望很多很多
我还是默默注视星空
即使热血不再沸腾
即使浑身裹雪
我依然追求高度
那里有激情后的宁静
那里有宁静中的深沉
那里有深沉的自我

2019. 04. 23

# 花

花，开放
不舍昼夜

讲述，泥土的色彩
及春天的蓬勃

那一种骄傲，灼亮
一双双明眸

美丽无敌
所有人，都想
紧紧拥抱

2019. 04. 27

## 假日里

在花与花
绿叶与绿叶之间
风泛起甜甜的微波

人都去远处了
将邻近的山水丢给来客
公路与景点一色汹涌

连近旁的行道树
也散发着芳香
春天晕染整个大地
人摇曳其中

2019. 05. 01

# 眺

坐在高楼
看风
云一动不动

心
播撒很远
想结成别样的果子

土壤在闪烁
谁能聚集光芒
像天上的星

2019. 05. 08

## 小草的理想

小草的理想不是大树
也不是开出花朵

小草想与小草在一起
连成壮阔的一片

2018. 05. 12

## 缤　纷

花乱开的时节
小草的兴奋被淹没
阳光来来去去
雨击打万物
人们细品光影与交响
迷恋缤纷的色彩
还是沉浸变幻的云呢
星不发表意见
而我正抬头仰望

2019. 05. 16

## 今日小满

呈现，过程的兴奋
预示丰裕远景

日常的欣喜
淹没在蓬勃之中

蓬勃之中
意义已不再重要

这样的时节
可以放空所有

连默想，都是
多余的

2019. 05. 21

## 鉴　赏

一朵云有几瓣呢
心的飞翔究竟有多快
叶的筋络谁绘的呢
多轻的风
涟漪才漂亮迷人
玉的纹理居然有酒精度
不然看着看着

为什么都醉了呢
心静下来
美无限生长

2019. 05. 25

## 太姥山

将巨石堆叠成峰
与云一较轻重
憨厚与拙朴
绽放出惊叹的花朵
这是仙人聚会的圣地
我们有缘逗留
白茶的鲜爽香甜
一同成为绝妙景色

2019. 05. 30

# 芒　种

昨天种下的今天再种
没有什么一劳永逸
汗水流了继续流
花开了还将开
我们走过漫漫长途
依然对前路充满憧憬
生命的渴望是活力的源头
在该种的节气
我们种下无限期待

2019. 06. 06

# 捕　捞

不是云浸没了星月
是我们的眼神
久未去捕捞神秘的夜空
那么多的游鱼

在银河闪闪发亮
对人类来说
星月是永恒的
只是我们常因琐碎
忘了永恒的存在

2019. 06. 10


# 窗　口


风从窗口翻越而进
这么高的楼
如履平地

思想的高深
不可目测
轻轻一跃就上云霄

曾经细数星星
一粒一粒
但总也数不过来

我们喝着茶
谈往昔与未来
还有今天的奋斗

2019. 06. 17

## 今天的云

云已不是过去的云
云已经会计算了
数据的洪流涌上云端
云飘逸着依然轻松
整个银河的水量都不算什么
何况一地鸡毛的数据
风一吹给梳理一下
顺着越织越密的网络
该去那里去那里吧

2019. 06. 20

## 夏　至

人们所有的奋斗
其实期待的就是那个日子
那么饱满
那么光明正大

那么巅峰干云
欢乐与繁盛蓬勃开来
傲然自得就像高悬的太阳
将一切都照亮了
包括逗留与前行
酝酿与创造
酒与茶
还需要什么呢

2019. 06. 21


# 晴　雨


在晴与晴之间
挤着雨
晴雨无法左右
乐于欣赏
让活蹦乱跳的心情
肆无忌惮放飞
微笑的流淌是柔软的
自然以外空无一物

2019. 06. 22

# 天　气

阳光与雨还有风
变幻千般滋味
我们浸融在里面
感受纯粹
或调和的稠度

2019. 06. 24

# 神

你轻轻搓一搓手
世界便火热
你一跺脚
便是地震海啸
幸好你多半是安静的
于是有了正常的寒暑春秋
你悄悄地睡着了
我们可以数天上的星星

2019. 06. 29

# 激　情

是一杯目空一切的酒

为什么要去倾覆
甚至惧怕呢

生命缺乏燃烧即便荒芜

2019. 07. 02

# 大　雨

来自宇宙内核的宁静
浸融我的心
像无形而透明的帘子
隔阻尘世的嘈杂
意念自然凝聚
山河是山河，文字是文字
没有太多含义
愉悦与轻松泛滥

让猛烈的雨继续猛烈
此刻我正抬起头
望向窗外

2019. 07. 03


# 一簇花


你的鲜艳无与伦比
我找到你开放的心了

风是你的
雨是你的
阳光也是你的
无论白昼还是黑夜都是你的

人们都喜欢你
你只呈现生命的节律

2019. 07. 06

# 小　暑

一个巨大的能量包
漏下一滴热油
风都暖起来

裂隙日渐扩大
大地有了热浪的影子
连鹰也只在高空盘旋

我们开始静心

2019. 07. 07

# 纯　粹

所有的起伏
永不停息
将梦黏在飞鸟的翅翼
甚或闪电的光里

这样的速度拒绝杂念
我们常因左顾右盼而滞迟
而纯粹是一柄利剑
让心之所想
迅速鲜花盛开

2019. 07. 08

# 仰　望

将所有的声音
收纳进黑洞

只有深蓝天幕上的星
盯着我

凝视是透明的
瞬间里有永恒的光芒

大地苍茫
此刻有多少人
正昂首仰望

2019. 07. 11

## 想

我想了又想
转一圈回到原点
有无边的边
不是轻易能冲破
总想觅一条缝
窥见天外光
一声霹雳
闪电在眼前掠过

2019. 07. 16

## 行　动

我将想法藏在云里
云一层层包裹
这样就有了秘密
我放心去做事
云却渐渐散开

但想法去了哪里呢
云说
你在做的
不就是你的想法吗

2019. 07. 18


# 一　天


雨与阳光变幻
风一直吹着
知了爆鸣
我做着自己的事
不去管它晚上是否还有星星
在时间的土壤播下种子
花朵开放是自然的事

2019. 07. 19

# 大　暑

蝉一早就噪
上天献出赤诚
汗让空调剃去
隔窗满是猛烈的阳光
向往北冰洋与南极洲
也享受所处的沸腾

2019. 07. 23

# 高速途中

暴雨兜头砸下
许多事没有商量

群山如画大地如纸
云徘徊等待

2019. 07. 24

## 星空之下

这一刻的奔跑
离名利很远
想采一把星星
撒在树叶间
成为闪烁的花朵
闷热太久
就渴望闪电
天外的天
是否有凉爽的浪花

2019.08.01

## 时　间

我将时间聚拢来
有时候观雨
有时候听雨
有时候看些文字
有时候写些文字
有时候与人聊天

有时候独自仰望

有时候会想起朋友

却又懒得联系

有时候出门就走

到那里是那里

天地本性随意自在

我心里日夜流淌

2019.08.03

# 七 夕

此刻暮色已合

仰望天空

有两鸟匆匆飞过

按古老的传说

该是搭鹊桥去了

人们美好愿望

是对现实的反叛

幸好大地之外还有天空

牛朗和织女

诸多无奈之后

总算还漏下些星光

2019.08.07

# 立　秋

秋站立门外
正伸出敲门的手指
犹豫很久
还是叩不下去
毕竟在江南

台风弄出些声响
云贴群山飘移
雨一阵一阵
人们继续思想与行动

偶尔抬头望望大树
依然找不到一片黄叶
但时间在前行

2019.08.08

# 台风利奇马

大海的激情
还是银河的一滴水
我们感受非凡的力量

风掠过所有空间
雨倾情占领
人们对日常另眼相看

生活像牛筋
风雨打乱表象
内在的逻辑依然坚韧

2019. 08. 10

# 美　好

云开雾散
透射银河的光

风从陌上拂过
田野呈现茁壮

涧水已忘所来
翻腾的是前方的大海

七彩鸟忽而腾飞
云霄里有她的心情

2019. 08. 16

# 一颗星

不知月在哪里
一颗星走得很快
它在白云里穿行
也没有伙伴
我注意到它了
它也就不再孤独
一种纯洁如冰雪的清亮
足以荡涤一切尘浊
在浩瀚的宇宙
我们终归是有缘啊

2019. 08. 23

# 夜 花

我不知道夜里的花
开放给谁看
星星说
别当我不存在啊

我仰望星星的时候
忘了花
在赏花的时候
忽略了星星

现在开始下雨了
会不会忘了太阳呢

2019.08.29

# 星与诗

幸好星在很高的高处
人们想采也采不到
否则夜将漆黑一片

诗的高度若隐若现
有时它的亮光是一道闪电
划破沉闷又瞬间走远

2019. 08. 30


# 星与空


种在苍穹的星
不见长大
只因它生长的宇空
无际无涯

2019. 09. 06


# 白　露


今早 6 时 17 分
露宣示了自己的颜色
是诗与星星的糅合

秋凉乘时飞翔
草叶上晶亮的水珠
蕴含季候的光芒

天空明显高朗
生活的潮水奔涌
一浪盖过一浪

2019. 09. 08

## 秋的高度

拐过夏的街角
风已经通透

田野瓜熟蒂落
呈现繁华后的简约

群山诗意耸峙
开启酝酿色彩的盛宴

白云闲散浮逸
已与星星为伍

这一刻忽然想起你
秋究竟有多高

2019. 09. 18

## 风　雨

深情摧毁辽阔
风雨安定我们的心
世界收缩了
窗外一片寂廖
朋友们在各自的天地延伸
界与门若有若无
在自筑的城池独坐
还是欣慕云一般浮游
此刻我惬意于风声雨音
并看光阴的多重颜色

2019. 09. 21

## 秋　分

将秋平分
将昼夜与寒暑平分

风是昨日的风
风已不是昨日的风
一片叶有了飞扬的兴奋
该上四明山
看看群峰是否染色
柿林的柿子是否已经红透
让越野车澎拜起来
天地正在打开崭新的一页

2019. 09. 23

# 花

阳光落在身上
风拂过身上
星光月光也染身上
蜂蝶喧闹着
多少目光聚集
但这些都不算什么
只想知道你的心
是否也在我的身上

2019. 09. 25

# 香 瀑

仰望巨树
繁星聚集枝叶
浓香如瀑
与嫦娥吴刚有些故事
还有幸福的兔子
众人皆醉也
不像兰
只撩拨书生君子

2019.09.28

# 台风雨

自然随意一念
人的渺小一览无余

鸟的航向在哪里
一点影迹不见

桂花自顾努力
盛开中感受风云突变

人们防御或顿悟
风雨一阵紧似一阵

2019. 10. 01


# 天


望不破天
只好用心去透视
不知遥远处
寂寥还是繁华
但又有什么关系呢

2019. 10. 02


# 景　象


听不到鸟鸣
鸟已飞得很高了

花静静的开
一种美好的季节刻度

一簇簇海浪飞扬
诠释永恒的自由奔放

云飘过来又飘过去
不倦地探究天空的意义

2019. 10. 03

# 天空的意义

一

因为我是天空

二

日月星辰将我作为土地
种在我的怀里

三

让人可以仰望

2019. 10. 06

# 寒　露

寒终于露头
一股势力已成气候
台风老去
西伯利亚爬上舞台
水嫩的白露难逃为霜的命运
苍茫大地更显苍茫
青菜萝卜味道渐趋醇厚
还是找一根肉骨投入锅中吧

2019. 10. 08

## 自然进行曲

红黄色度万重
秋叶成能量转换旗帜
自然演进细微奇妙
你是否看清风里那一丝波澜

2019. 10. 13

## 晚上旅程

黑夜是一堵可深入的墙
看不清的前方并非秘密
指向如白昼
动车风驰电掣
从一座城市到另一座城市
手机一晃就完成对接
西湖夜色可餐吧
我们意向在湖边喝泡茶

2019. 10. 15

## 风过花

风吹过花后
风也开出花来
并在我们经过的每一处
留下芬芳
人们有时习以为常
有时顿悟
若有所思的人们
也将渐次自带光芒

2019. 10. 17

## 霜　降

霜，悄无声息降落
光阴，总归是有刻度的
许多表象不仅是表象
时间不对任何人开玩笑
别以为天空空无一物

各种嘈杂均有排列
广袤的田野是最好的代言
今晨，应站立田埂寻觅
并在深呼吸后远眺或沉思

2019. 10. 24


# 富春山居


驾一列高铁到富阳
体验隐士山居
细雨薄雾
朋友的车顺山路盘旋
向下眺去
富春江已湮没雾海
这里藏着老子的自然
或许正是道的纵深

2019. 10. 27


# 有　光


一束千年前的光
穿越时空
使我们的心颤动

是什么因缘
让我们在富春江岸踯躅

桐庐深澳的街巷
散发浓烈的千年风情

古村的故事有淡淡的酒味
经过岁月的过滤
嘈杂剥离后唯余一方纯净

2019. 11. 03

# 源　头

天才在问题发生之前
已经找到答案
在某个夜晚仰望
曾想数尽星星
宇宙有多大
谁也无法证明
恋爱时
宇宙与爱情一样大小

逻辑到底是什么
它的源头支撑着生命

2019. 11. 04


## 仰　望


数一数
天空有几颗星星
远离手机
让眼睛不再酸涩
让脖子重新松软
让思绪若风任意纵横
树叶已染秋色
云从头顶悠悠飘过
哲人说
生命与生活都需要仰望

2019. 11. 05


## 睡　醒


阳光升腾
我知道了宇宙大小

思绪从这里掠过
一下就出了边界
梦究竟是一个什么部落
怎么比现实还奇幻
我收藏万物
惊喜于美丽的纹理
并研究它们所从何来
一些轨迹
我们还未窥知源头
但内心始终畅亮欢快
窗外的阳光正漫天飞舞

2019. 11. 08

# 小 雪

鸟还啁啁的
日历跳出小雪
阳光酿在云层里
天凉了许多
江南的小雪
味有点浅薄柔绵
就雪来说
我还是喜欢暴烈些

这世界缺纯粹很久了
且让白雪来粉饰我们的梦

2019. 11. 22


## 堵　车


云俯瞰
景点万众麇集
车堵山道如流水冻结
时间一点一滴溜走
人狂躁起来
树早已修炼成佛
天色渐暮
准备昂首看星星
计划落在计划之外
人们较量耐心

2019. 11. 24


## 冷　暖


全球变暖的信息
雪片似飞来

一百年来
瑞士失去五百座冰山
而我们感觉
天还是那么冷
有酒的话
正是该喝一点的时候了

2019. 11. 30


## 大雪时节


呼伦贝尔零下四十度
看来变冷变暖人说了不算
江南大雪总是无雪
否则江南就不是江南
虽说天气已寒
但阳光像硕大无朋的花
温暖所有角落
茶酒在碳火之上滋滋的
美好可以由一点触发弥漫
愉悦其实像风一样
自在兴奋又目空一切

2019. 12. 07

# 行　动

水。流
活力无处不在

种子。花与果
大地有梦
茎叶同蓬勃
活泼春秋冬夏

想象。触摸到星星里的
雪花
拉伸我们的心情
阳光投射

被幸福淹没
没有路径

2019. 12. 11

# 暖　冬

一只冬鸟
呦哧春天的声音

以为熏风已暖

格棱兰的冰盖越来越小
连海平面都上升

新的航线与油气成为焦点

自然已十分不自然
人们还不以为然

一些花朵在深冬错时凌乱

2019. 12. 16

## 萤火虫

那已是很遥远
很童年的，一种诗意
居然仍未熄灭

乡村夏夜的水草丛
数不胜数，一闪一闪的萤光
似与繁星梦幻般对话

生活中一些封藏的香与蜜
会在，不经意间打开
童年的欢乐纯粹得一尘不染

2019. 12. 18

## 雨

我是一滴雨

想体验
落在叶子上

与花瓣上

不同的感觉

却不小心

一头扎进泥土里


发现一切大有生机

2019. 12. 20



## 又冬至


这样的日子

适宜思考

譬如白昼与黑夜

冬天与春天

还有冰雪与碳火

鱼鲞与腊肉之类

新生事物漫天飞舞

还是鸟有定力

鸣叫的音色未曾改变

广袤的田野坦露

又想用白雪来掩盖

这个日子依然繁花盛开

2019. 12. 22

## 放　晴

雨都落到天上去了
阳光飘进窗口
掬起一捧透亮的温暖
在掌上轻轻摩挲

许多信息冒出来
就像春天里的野草
也有几朵摇曳的花
进到心坎里去了

2019. 12. 27

## 多　云

太阳像开放的花朵
渐渐亮起来
然后又慢慢淡下去
谢在云层里

在深冬一依恋
太阳便显得娇贵
许多时候
人们并不关注你的存在

2019. 12. 29

## 向 2019 挥挥手

2019 落叶缓缓飘下
暖暖的覆在 2020 的芽上

阳光在云层开合
跨越其实是无缝连接

前些天朋友送我格桑花种子
如今已是嫩苗茁壮

但也应独立旷野之中
去领悟云水奔腾及远去无痕

2019. 12. 31

# 2020 的阳光

新年第一天
阳光特别纯亮

这太阳是我们的祖先
种在宇空的
它照亮我们的生活
使我们感到温暖

今天让我们沐浴其中
感恩一切美好
然后欣然走入新一年的纵深
去嚼一嚼来日的滋味

此刻从任何角度望去
阳光正普照万物

2020. 01. 01

# 雨

上天灵感一颤
诗意纷扬
大地瞬即滋润饱满

透亮的线条
潇洒亘古未变
情境奇妙

密如丝织
真实的大洋之母
一色灵秀苗条

2020. 01. 03

# 隆冬之晨

城市道路未醒
车在淡蓝薄雾中奔驰

如入众人的梦境
道树静静立着
只心一往而前
一时间喧嚣都屏蔽
空间难得疏朗
万物流露清雅和美

2020.01.05

## 小寒气温二十四

小寒如夏，阳光
没与我们谈任何条件
慷慨泼洒，强大
不需协商与三十六计
我来了，就这样
你感觉不应如此吗
请重新思想，或
紧握我的手

2020.01.06

## 悦 读

阳光泻在书桌上
沁心温暖
书又掀开新的一页
文字是柔软的
几块玩石静静趴着
一面沐浴阳光
一面凝视着我
不在乎天老地荒
在此时空
俯首与抬头
都是真实的自己

2020. 01. 12

## 酿 雪

雾浓
花开在深处
似乎在酝酿雪

冬天的果实
在云层铺张开来
这是一种节令的期待


澳洲的山火延绵四月有余
愈燃愈烈
连蓝山也焦黑


江南的气温也凝住了


雪滞在空中喘息

2020. 01. 13


# 之　间


雨雪阴晴之间
什么力量在鼓荡或妥协
深冬的方向邃远
行进中是否张望迟疑
万物遵循自然节律
掌心的籽玉莹润温热

欣赏风云来去
像观看一幕幕大片

2020. 01. 17

# 又至大寒

时光如箭
射到大寒的垛上
火星飞溅
阳光散发开来
这样的天气是有刚性的
我们却领略温柔
人们来来往往之后
还是来来往往
露台几树怒放的花
引我蓬勃欢喜

2020. 01. 20

# 除夕夜

时间如浪
不知从何涌起

又潜入哪里
但所有岸边
都有它拍打的痕迹

2020. 01. 24

# 庚子正月初一

鼠咬天开
雨渐有亮色
昨天哼哼的憨厚
今已灵性通透
一切都在掐指之中
阳光萌在云层里
策划春暖花开

2020. 01. 25

# 正月初五节

愿望是美好的泛滥
没有岸边

只呈现无尽的丰满
和遥远的神奇

2020. 01. 29


## 定　力


山静似太古

将所有的时间抱住
一滴也不挥霍
好好排列
熨贴得天衣无缝
如大地草树
坦然融入风云来去

日月川流不息

2020. 02. 02


## 立　春


谁也阻挡不住
时间的前进

太阳虽一时陷落云层里
但春天的钟声敲响了
大地草叶泛青
空中鸟飞鸟鸣
人们的脚步
即将频繁踩踏花径

2020. 02. 04

## 这些天

鸟始终没有想明白
自己是怎么成为老大的
它飞这里飞那里
城市的街巷空空荡荡
有些事件永远成谜
有的疑窦要进化后才能明白
它飞来飞去
想着无解的问题
内心开始沉醉膨胀
鸣叫也愈发自信有力

2020. 02. 10

# 闪　电

那宇宙深处划过的闪电
它的根在那里呢
它在表达欢喜还是愤怒
我只是感到惊奇

2020. 02. 11

# 想什么呢

我知道
天气以外还有许多事情
而我在许多事情之外

望望远山
又观照一下本心

雨想将花冲淡
但花越来越浓了
春天算不算一件事情呢

2020. 02. 13


# 阳光与风


我终究觉得阳光是静的
只风在盘旋跳跃
所有的花都在舒展颜色
蜂飞飞停停
从一朵春天醉入另一朵春天
而人的春天复杂多了
所以总是焦虑
最后发现
除焦虑以外我们已空无一物

2020. 02. 18

## 雨　水

日子惊醒过来
想符合原来的定义
于是云们扯起聚集的旗帜
将上午的太阳遮蔽
天一下阴沉了
但终究没有形成雨水
错过了先机
有时就乱了全局

2020. 01. 19

## 南极首破二十度

要么是人类疯了
要么是地球疯了
不可以说宇宙疯了吧
因为一粒微尘实在渺小

企鹅们立在一块块小小浮冰上
演奏死亡序曲

曾惊叹北极气温升破三十二度
北极熊在仅能立足的孤冰上
绝望地抱紧幼仔

人类贪婪的惯性
给予当头棒喝后能否改变
若继续只顾眼前
便没有未来

2020. 02. 20

## 仰　望

你多仰望
北斗就不在眼睛里了
而是在你的心里了

你真想念
你就不是你了
而是她了

2020. 02. 21

## 百年不遇

我们抛荒阳光
野花寂寞地开放
谁犯下滔天大错
致使春天全面反叛
人们从日常的空间撤退
奇葩地负隅顽抗
天涯可以成邻
相邻已十分遥远
所有的道路在诠释空旷
曾经的熙攘散发温馨

2020. 02. 22

## 低　调

是我让云在天上飞的
人们已习以为常
我也从不提起

我觉得
人们看着漂亮就够了

2010.01.24


## 花与天空


地上的花
都向天空绽放
那么
如何成为天空呢

2020.03.01


## 更　新


让衰败与腐朽凋落
萌发茁壮与蓬勃
包括事物
包括心情
愉悦是一首自弹曲
看你按下那一个琴键

像云飞过又飞过
天空总是新的

2020. 03. 02


## 迎惊蛰


万物始于震

不管雷炸还是不炸
惊蛰
已是一个响当当的品牌
深入人心八千里

一切都在欣然生发
无可阻遏
阳光是一簇火
点燃我们奔腾的渴望

宇宙爆炸生机始萌

2020. 03. 05

## 一座岛

信息如潮
人其实需要一座岛
否则自我将淹没
学会像鸟一样从高空俯瞰
让那些涌浪渺小
或在岛上花径漫步
沉浸自然的甜蜜气息
但思想要张开垂天之翼
续航际涯之外
只在高耸的巅峰筑巢
或在披光的树枝上栖息

2020. 03. 08

## 远　近

天黑下来后
我看得更远

星星都在那里了
而白天
我只见窗外的花朵
和经过的路人

2020. 03. 10

## 山 行

山里有条路
自然十分自然
慢悠悠行走其中
自我绽放成绚烂的花朵
林中有飞鸟的声音
还有微风和涧水的流动
阳光斑驳而静美
抬眼窥见树梢上的云

2020. 03. 16

## 春分，春风

太阳高悬赤道上空
直射下来

将昼夜当一只西瓜切
而且切得十分均匀
我们由此感受春风的抚慰
与花草感同身受
这样的日子
可以去野外一醉
或与朋友一起喝杯好茶

2020. 03. 20


## 雷雨之前


时间到来
风云如何蛰伏

天地骤然黑暗
为闪电准备舞台

什么东西在撕裂
空中传来破帛的闷响

不管你期待不期待
滂沱的雨滴将砸下来

2020. 03. 21

## 夜，醒着

星在天空燃烧
我只看到一粒清凉
花朵绽放幽谷
我不知道它的存在
你从我身旁经过
我却不能说出欢喜
在书房坐下来
我的思想像风一样自由

2020. 03. 26

## 此　刻

世界，都是雨的声音
我的心在倾听
轻轻流淌的自然交响
将浮华一概滤去
人，很容易从一个漩涡

进入另一个漩涡
这样不可避免晕头转向
让纯粹的心穿越漫天烟雨
去读懂
结庐在人境，而无车马喧

2020. 03. 31

# 清　明

醒来是以怀念开始的

远去的慈爱
像一朵飞过的白云
已遥不可及
心里留存的温暖
像巨树布下深深的根系
在某些时刻开出花来
春的光影里
我们的心在徘徊

那种怀念是永恒的

2020. 04. 04

# 人　们

其实没有几个人
与你密切相关
很多人都是以数字
或者新闻的形式存在
人流如潮涌来退去
我还在观赏着那几朵花

2020.04.06

# 湖　边

风从水面吹来吹去
裹挟着我们热烈的话语
思想从舌尖溜出
在风中膨胀
所到之处
溅起湛蓝的火花
太阳的光芒比树叶还新

眼前的花比太阳耀目
我们翻阅着每一个日子

2020. 04. 08

## 大　小

圈子越来越小
天地越来越大

2020. 04. 11

## 意　象

穿越黑夜的鸟
翅羽闪闪发亮

总是在荒凉的旷野
有天人合一的意象

在嘈杂与喧嚣中
成一滴清澈的水

人有时候复杂得像云
有时候又简单得像云

2020. 04. 13

## 充　盈

没有星星的夜晚
响起轻轻雨点
虚空其实是虚空的
世间万物充盈
光色与音响及其他种种
随遇远胜寻觅

2020. 04. 18

## 谷雨的雨

这下的不是雨，是谷

拂散风云的纠缠
古人早已洞穿一切

今日的雨
有黄金的颜色与分量
它晶莹饱满
滋润了温情的江南
及每一颗拥抱未来的心

谷雨的雨，可以沉醉

2020. 04. 19

## 一样的喜欢

静观花朵绽放
也细赏每一片嫩叶萌长
这喜欢没有两样

2020. 04. 25

## 天 态

把星星数尽以后
又层出星星

风就那样的吹过去
无尽地吹过去
时空是不可拿捏的
它的状态是浮云
你闲坐或行走
都在自我的心里罩着

2020. 04. 25


# 星月之下


站立星月之下
风似乎正从春蜕变成夏
我的脚步漫无目的
但时间报出了它的站点
静寂与沸腾激荡
离开的紫藤花冷艳而热烈
夜空是深邃的巨幕
无垠的虚无里星月在闪亮

2020. 04. 30

## 望　月

月亮是望红
每天，数不清的人们
抬头望着它
它一点也不骄傲
依然沉静矜持
人太浮夸
觉得似乎有人看着他
便狂妄到找不着北
甚至，自己是谁
也弄不明白了
天常常因此下起很大的雨

2020. 05. 02

## 明日立夏

想起童年
想起茶叶蛋

大人们今晚是有动作的

绿茶、红茶、桂皮、茴香、核桃壳

与鸭蛋、鸡蛋、鹅蛋一起煮

再将瓦罐埋在火缸里闷一夜

蛋壳变成酽酽的红褐色

第二天天一亮

儿童们喜气洋洋

拿着几颗看上去硬气的蛋

像超级大国开着军舰到处巡航

碰到不服的干一仗

拿出各自的蛋一撞击

胜了的神气活现

撞破了有蛋吃也不生气

立夏节

确是童趣横流的佳节

2020. 05. 04

# 城　市

夜已黑不下来

掩盖秘密的墨色淡去

梦越来越浅

茶越泡越浓

早上起来天空浮着些云
随意飘洒几滴雨
雏鸟在窗台前练习飞翔
叽叽喳喳又叽叽喳喳
花浓浓淡淡地开
江南还是江南

2020. 05. 10

## 泡　茶

异香泛起
醉倒了颜色
妙音如雾
触抚自然的肌体
一丝爽甜入心
与天地瞬间融和

2020. 05. 11

# 创　意

云将所有阳光遮蔽后
裂开一条缝
然后我们都仰起了头

2020. 05. 17

# 天　象

云推着云涌来
将星月都吞没了

我行走露台
夜观天象
如置身无际之野
感觉渺小是一种轻松

人是一粒会思想的微尘
思想使微尘沉重

2020. 05. 18

## 在雨中

此刻的雨
流露对春的留恋
这是昨夜星辰的随想
在车窗玻璃上活泼跳跃
车川流不息
红绿灯是一道道闸门
心飞得辽远
形成上天的诗意

2020. 05. 26

## 周　末

连鸟的啾唰
也是轻扬跳跃的

雨把浮尘拂去
便匆匆离开

天空显露
迷人的纯青色

石斛花上逗留
几粒细小的水珠

一周的事务
圆润饱满

假日像花朵
即将自由怒放

2020. 05. 29

## 雨……

天漏了
我找不到开关

开关隐藏层层云雾里
秘密握在神的手中

我们只有欣赏你的线条
倾听你敲击的声音

你使万物丰润饱满
包括我日夜飞扬的内心

2020. 06. 03

## 种下希望

亿万年又亿万年之前
我将种子撒向天空
便有了今天的日月星辰

我们要有所行动
在芒种节气播下种子

不要说世界就是这样的
要去创造我们的世界

所有人种下美好
在许多许多年以后
世界就会是美好的模样

2020. 06. 05

## 闪电的声音


闪电，像鞭子甩过
沉闷处
立马豁出一道口子


云，没有告诉其中的秘密
雷砸下的雨滴
急促而有力


世界，翻过了一页又一页
但终究翻不过
闪电的声音


倾听，风雨为我弹奏千重乐响
独立时空的快意
任性泛滥

2020. 06. 14

# 诗

不是空气
不是雨
也不是江河湖海
是惊人的闪电
是震颤心魂的奔雷
也是划破夜空的流星
它是反叛
是一刹那的突破
是顿悟
有照亮后的回味
沉醉后的愉悦
还有今后再遇的期盼

附：此刻
写诗的巨笔
正握在老天的手上
电光火石
暴雨如注

2020. 06. 15

# 一只鸟

一只飞翔在梦里的鸟
栖停在黎明的树梢
夜的广阔是有边缘的
光亮使心情膨胀
天空被分割成一片片云
对飞翔的翅膀没有阻滞的意义
许多的界都留有自然的缝隙
目标黑洞呈现强大的引力
梦想与现实都在生命的河流里
浮动的云没有边界

2020. 06. 17

# 一　体

雨从天边一直下到窗前
心从桌面随意飞入云里

2020. 06. 20

## 夏至节

热烈的心
撑长光明到极致
白昼今日最为悠然
快乐如天雨丰沛淋漓
可以一起尽情分享
太阳认真地直射北回归线
是老祖宗确立的第一个节气
也是华夏民族第一个节日
我心为此无边激荡
漫山遍野一派欣然勃发

2020. 06. 21

## 父亲节的想念

最深的爱终是无言
因为语言太浅薄

因为所受的爱太深厚丰沛
无边无际，无穷无尽

2020. 06. 21


# 果　实


雨与雨之间
有一条光明的缝隙
给期待的人采摘果实

2020. 06. 23


# 天上的云


一朵云
进到一朵云里
只有一朵云
云为什么有快慢呢
在于各自的沉重
从天空这头到那头
云也并非总是悠然

否则为什么飘着飘着
就下起雨来了

2020. 06. 29

## 不舍昼夜

白日观雨
黑夜听雨
算是一雨多吃吗

而雨正奔向海洋

2020. 07. 02

## 雨　边

天气不阴不阳

洒数点闲散的雨
来几朵淡淡的太阳

山色如洗

江南妩媚的时候
觉得花也是多余的

2020. 07. 03

## 新 雨

雨下了不知几千万年
每次再下
总是鲜嫩柔滑
不落俗套

2020. 07. 05

## 亮 着

没有看见星星
我的内心也是放松的
因为它就在那里

我就散步看书喝茶了

2020. 07. 05

## 这世界

地球小了
事多
将书房里的地球仪
重新擦得锃亮

偏远处
操一点用不上劲的心
这样只少通透
而有些数

2020. 07. 06

## 蝉　噪

暑是蝉的节日
否则为什么鸣得起劲呢
它比人聪明些
至少懂时节

世界观点横行
逻辑已模糊
更不深究起点在哪里
众生在噪声中麻木

2020.07.07


## 高温来临


苗条的雨开溜
太阳似乎是胖乎乎的
江南开始蒸腾膨胀
知了不知是喜还是愁
聒噪起来一刻也不停息
将心静了静
汗水还是行动了
书里也没有多少阴凉
但空调里有
一物降一物啊

2020.07.11

# 轻　松

卸却雨点以后
云就轻松了

缺少水分的云
则自然而然在吸收

2020. 07. 16

# 入　伏

厌弃梅雨之后
伏高调进入
连风也是热的
从每一扇敞窗涌进
知了是它的伙伴
噪得久了也习以为常
有些人在躲避
有些人感知葳蕤蓬勃

季节在旋转
我们不可迷失方向

2020. 07. 18

# 大暑节气

沸腾的不是空气
不是速度与旋转

而是我们的心

从北半球到南半球
从西方到东方

人们正在失去冷静

昭昭二十四节气
谁能效法它的循环

自然生生不息

2020. 07. 22

## 紫薇花

月在薄云里羞着
给人以最美的形姿
天空宁静旷达
星星在眨眼细语
露台上印满我俩的脚印
紫薇花在细风中摇曳

2020. 07. 28

## 消　夏

高温难耐吗
躲到趣的荫里去

自然在膨胀
清瘦我们的心

车轮比翅羽有力
半径一再延伸

信息滥烂
多看就上头

话题要鲜如晨露
或醇如陈酿

2020. 07. 31

# 台风黑格比

它不是黑格尔的兄弟
它没有辩证的柔软
风云的拳脚
是暴烈而强硬的雨
它的巢穴
并非筑在青萍之末
大洋的暗流
是它活泼的根系
不知遥控握在谁的手里
有的源头是永恒的谜

2020. 08. 04

# 做　事

吞天，从哪里下口
咬一口云试试
如何咬得到高高的云呢
先喝一杯茶吧
茶叶采摘已经储在罐里
去山上运些泉水来
在壶里煮啊煮
水气氤氲
汤色光明清亮

天啊，味道好极了！

2020.08.09

# 后　记

　　《所有》的出版是不经意间达成的，就像江南的雨，它下着，没有想到泛滥。

　　诗其实是最自我的。就像川人爱麻辣，浙人喜鲜咸，东北崇乱炖，粤人好煲汤，没个标准，这正是它的鲜活光亮之处。

　　时间长作物，也长诗。《所有》就是时间的产物。一首短诗虽多是一气呵成，但枝繁叶茂非假以时日不可。

　　要感谢很多人，因为太多，所以反而不说了，我相信，我的朋友心中有数。我想，一首诗有一个读者共鸣就足够，甚至自以为是就行了。当然读者多多益善，共鸣也如此。

　　特别感谢我的家人，在这物欲横流的社会里，还包容我干这不产生经济效益且看来十分无聊的事，有时还耐下心来允许我探讨几个词的去留。

　　非常感谢为出版《所有》付出辛劳的编辑、设计、校对、印刷及其他所有人员。

　　所有感谢都来自心底，决非俗套！

陈荣军

2020.08.10